생텍쥐페리의
르포르타주

생텍쥐페리의

르포르타주

이현웅 옮김

Saint-Exupéry

REPORTAGES

울력

ⓒ 2016, 이현웅

생텍쥐페리의 르포르타주

지은이 | 앙투안 드 생텍쥐페리
옮긴이 | 이현웅
펴낸이 | 강동호
펴낸곳 | 도서출판 울력
1판 1쇄 | 2016년 11월 18일
등록번호 | 제25100-2002-000004호(2002. 12. 03)
주소 | 서울시 구로구 고척로12길 57-10, 301 (오류동)
전화 | 02-2614-4054
팩스 | 02-2614-4055
E-mail | ulyuck@hanmail.net
가격 | 9,000원

ISBN | 979-11-85136-33-2 03860

이 도서의 국립중앙도서관 출판예정도서목록(CIP)은 서지정보유통지원시스템 홈페이지
(http://seoji.nl.go.kr)와 국가자료공동목록시스템(http://www.nl.go.kr/kolisnet)에서
이용하실 수 있습니다. (CIP제어번호: CIP2016026058

차례

모스크바

피로 물든 스페인

마드리드

모스크바

(1935)

모스크바 전체가 혁명의 축제일을 축하했다

5월 1일 전야(前夜)이던 그제 저녁, 나는 사람들이 대규모의 축제를 준비하는 모습을 여러 거리에서 한동안 지켜보았다.

도시는 커다란 작업장으로 변해 있었다. 그룹을 이룬 사람들이 이전에 혁명을 기념하기 위해 만든 건축물·구조물·동상 등을 전등과 깃발과 진홍빛의 휘장들로 장식하고 있었다. 다른 그룹들은 조명등의 각도를 맞추고 있었다. 또 어떤 그룹들은 붉은광장에서 아스팔트를 실은 덤프트럭들 주위에 모여 그 밤 동안 여러 도로 전체를 작업하고 있었다. 놀이를 닮은, 모닥불 주위에서 조용히 소리 없이 펼쳐지는 춤을 닮은 이 야간작업에서 생겨나는 특별한 열기로 거리 전체가 생기를 띠고 있었다. 그리고 집들마다 용마루서부터 바닥까지 그 집들을 감싸고 있던 붉은 휘장들은 매우 폭이 커서 바람을 맞받은 돛처럼 한가운데가 부풀어 올라 있었는데, 이런 모습들 때문에 이 축제 준비 작업장이 왠지 보트경기장의 흥분된 즐거움 같은 것을 띠고 있고, 이 도시가 왠지 출발과, 여행과, 자유의 수평선에 대한 열기 같은 것을 품고 있는 것처럼 보였다.

길을 가던 남자와 여자 들은 작업을 하는 곳 앞에서는 발걸음을 늦추었다. 그 다음 날에는 이 남자와 여자 들이 스탈린 앞에서 행진하기 위해 400만의 수효를 이루며 이곳으로 왔고, 전(全) 도시가 그에게 경의를 표했다.

사람들이 공장들을 배경으로 엄격한 표정을 짓고 있는 작업 반장의 얼굴을 도끼로 조각해 놓은 커다란 널판자를 기념비처럼 조심스레 다루며 벽을 따라 위로 올리는 동안, 나는 아마도 그가[스탈린이] 잠들어 있고, 그리고 바깥과 마찬가지로 다른 준비 작업들이 진행 중일 크렘린 주위를 돌기 위해 천천히 발걸음을 옮겼다.

"빨리 지나가세요!…"

경비가 우두머리가 머무는 이 금지 구역을 밤이나 낮이나 감시하고 있다. 이 높은 벽을 따라 한가로이 걷는 일은 금지되어 있다. 그 남자 주위를 얼마나 철통같이 지키고 있는가!

이 높은 벽과 보초들이 도시 내에서 마치 또 하나의 도시인 양 벽으로 둘러싸여 있는 크렘린을 보호하고 있을 뿐 아니라, 그 한가운데에는, 곧 검은색과 금색 두 가지 색으로 칠한 건축물들과 이 건축물들을 완벽하게 둘러싸고 있는 벽들 사이에는 함정 같은 비탈진 잔디밭들이 길게 뻗어 있다. 아무리 빨리 가로질러 간다 하더라도 분명히 다른 이의 눈에 띄지 않을 수 없는 사막과 정적의 지대가 스탈린을 둘러싸고 있다.

아마도 어떤 사람들은 그가 존재하지 않는 사람이라고 생각할지도 모른다. 그만큼, 그가 존재한다는 흔적은 보이지 않는다.

이곳에서 휴식을 취하고 있는 그 남자, 경비대와 잔디와 벽들로 보호를 받는 그 남자는 그럼에도 불구하고 그 보이지 않는 존재로써 러시아를 고무시키고 있고, 러시아에 대해 효모와 누룩 같은 역할을 하고 있다. 실제로, 그 남자의 모습은 거의 볼 수 없는데도 불구하고, 그 바깥 모스크바의 거리에 나붙은 그의 사진은 10만 장 이상으로 불어나고 있다. 그의 사진이 모든 쇼윈도 · 식당 · 극장에 걸려 있고, 거리의 모든 벽에도 그의 사진이 당당한 모습으로 붙어 있다. 그래서 내게는 그 놀라운 인기와 관련한 역사를 조금 엿보고 있다는 생각이 든다.

처음에, 러시아 국민에게 그는 매우 가혹한 통치 수단을 사용하는 일종의 압제자처럼 보였던 것 같다. 당시 스탈린은 러시아인들을 압박했고, 사람들은 외국으로 도주하거나, 돈을 유용하거나, 불법 상거래를 하는 방식으로 그의 정책을 피하려 하였다. 그러나 스탈린은 다음과 같은 모토로써 어떻게든 사람들이 배고픈 상황을 견디도록 만들었다. "당신들의 자리에 그대로 머물러 있으시오, 그리고 건설을 하시오… 배고픔과 가난은 적이지만, 우리는 이 자리에서 돌을 옮기고 땅을 파면서 그 적을 물리칠 것이오…." 그는 이런 식으로 국민을 약속의 땅으로 이끌었고, 또한 국민이 기름진 땅을 찾기 위해 혹은 모험의 신기루를 좇아 집단으로 이주하는 것을 막는 대신, 옛 폐허의 땅에서 그 약속의 땅이 생겨나게끔 만들었다.

놀라운 능력이다. 어느 날, 스탈린은 인간이라는 이름에 답할 자격이 있는 사람은 자신에게 무관심해서는 안 되고, 면도를 하지 않은 얼굴은 해이한 정신 상태를 반영하는 것이라고 천명했다. 이 발언이 나온 바로 그 다음 날, 공장의 작업반장, 커다란 상점의 매장 관리인, 대학교수들은 턱수염을 깎지 않고 나온 노동자, 점원, 학생들에게 일을 시키거나 수업하기를 거부했다.

학생은 "면도할 시간이 없었습니다"라고 말했다.

교수는 대답했다. "모범적인 학생이라면 자신의 교사에게 존경의 뜻을 나타낼 시간은 언제든 마련합니다."

이렇게 스탈린은 빠른 시간 안에 깨끗하고 다시 젊어진 얼굴을 러시아에게 선물로 주었고, 이 나라를 묵은 때에서 한 번에 벗어나게 하였다.

그리고 그 발언은 명령이긴 했지만, 얼마나 풍부한 암시가 담긴 표현이었던가. 나는 모스크바의 거리에서 깨끗하게 면도를 하지 않은 순경, 군인, 카페 점원, 행인을 한 명도 본 적이 없었다.

그리고 사람들은 그 계획[1]의 마술봉이 도시가 걸치고 있는 옷을 건드리면, 모스크바의 거리들이 단숨에 밝아질 거라고

---

1. 소련이 경제와 사회 발전을 위해 1928년부터 시작한 '5개년 계획.' 여기서 언급하는 계획은 1933년부터 시작한 2차 계획을 가리킨다.

믿고 있다. 그 거리들은 사람들이 노동을 위해 쓰고 입는 챙 달린 모자와 작업복들 때문에 여전히 우중충한 색조를 띠고 있다. 스탈린이, 크렘린의 보이지 않는 심장부에서, 훌륭한 프롤레타리아가 스스로를 존중한다면 저녁마다 예복을 입어야 할 것이라고 천명하게 될 날을 상상하는 것도 거의 이상해 보이지 않는다. 그런 날이 온다면, 러시아 국민은 야회복을 입고 저녁식사를 하게 될 것이다.

거기서, 크렘린 안에서, 잠을 자고 있고, 다음 날 모습을 드러내게 될 보이지 않는 남자는 그러한 인간이었다.

그런데 나는 한 신(神)을 커다란 수고도 들이지 않고 성막(聖幕)으로부터 끌어낼 수 없다는 것을 이미 스스로 경험했다. 다시 말해, 나는 축제일에 붉은광장 출입을 거부당한 것이다. 나는 모스크바에 더 일찍 도착했어야 했다. 개인의 광장 출입 요청서를 심사하는 과정에는 특별히 긴 조사 과정과 엄격한 분류 절차가 있었기 때문이다. 내게는 더 이상 모든 절차를 기다리거나 대사관이나 친구들의 도움을 받을 시간이 없었고, 게다가 이 과정에서 나의 노력으로 할 수 있는 일이 아무것도 없었다. 스탈린이 있는 곳으로부터 반경 1km 이내의 거리로 들어오는 모든 사람은 호적과 경력 사항을 검토 받고, 다시 검토 받고, 더 확실한 안전을 위해, 세 번째로 검토를 받아야 했다.

나는 5월 1일 새벽에 바람을 쐬러 밖으로 나가려 했을 때 호텔 문이 닫혀 있는 것을 발견했는데, 문의 안내 표지에는 단

지 저녁 5시까지 문을 개방할 수 없다는 글귀만이 쓰여 있었
다. 그날의 축제 참석 허가증이 없는 사람은 집이나 호텔에
갇혀 있어야 했다.

그래서 나는 우울한 마음으로 호텔 안을 이리저리 서성거리
고 있었는데, 이때 폭풍우 치는 소리가 들렸다. 그것은 비행기
들 소리였다. 모스크바 상공을 편대를 이뤄 날아가는 수많은
비행기들 때문에 땅이 흔들렸다. 나는 보지 않고서도, 도시를
내리누르는 그 강철 무게를 느낄 수 있었다. 나는 밖으로 나
가는 걸 한 번 더 시도해 보기로 마음먹었고, 부정직한 방법들
을 동원한 끝에 성공하였다.

나는 우선 아무것도 지나다니지 않는 거리로 들어섰는데,
왜냐하면 모스크바의 거리마다 인적과 차량이 끊겨 있었기 때
문이다. 도로에는 아이들만이 놀고 있었다. 눈을 위로 향한 내
게, 나의 좁은 시야 한가운데를 빠르게 지나치며, 한 지점에
서 다른 지점으로 파고들듯 나아가는 강철의 삼각 편대들이
보였다. 이 편대들은 매우 엄격한 질서를 갖추고 있어, 각 편
대마다 완벽한 도구 같다는 인상을 주었다. 검은색 복장을 한
군중의 느린 행렬, 여기에 더해 수없이 많은 비행기들이 내뿜
는 웅장한, 잦아들지 않는, 하늘과 지상을 가득 채운 요란한
굉음이 압도적 인상을 주어, 아무도 이 장엄한 장면에서 고개
를 돌릴 생각을 못했다. 이런 경우에 항상 그렇듯, 나도 벽에
등을 기댄 다음, 눈을 들어 몇 분간 그 편대들을 지켜보며, 한
비행편대라면 하늘을 나는 거라고 생각할 수 있지만, 그와는

달리 이처럼 수많은 비행기들이 편대를 이뤄 날아가는 경우라
면, 하늘의 압연기에서 얇은 강판들이 끊임없이 나오는 모습
과 다를 바 없다는 생각을 했다.

나는 인적 없는 몇몇 거리를 돌아다니다 경찰 대열과 몇 번
마주친 끝에, 마침내 생명감을 느낄 수 있는 거리, 곧 군중 대
열이 붉은광장을 향해 행진하고 있는 거리들 중 한 곳에 들어
섰다. 이 거리는 몇 킬로미터에 걸쳐 사람들로 가득했다. 군
중 대열은 마치 검은 용암처럼 가차 없이 조금씩 앞으로 나아
가고 있었다. 수많은 비행기들의 이동 모습과 마찬가지로, 전
국민이 이렇게 이동하는 모습은, 배심원단의 만장일치와 비
슷한, 무언가 냉혹한 모습을 띠고 있었다. 그리고 비록 붉은
깃발들이 반사하는 빛에도 불구하고, 검고 윤택 없는 의복들
이 이렇게 흘러가는 모습, 느리지만 자신의 힘에 의해 거의 맹
목적으로 앞으로 나아가는 이 행진은 군인들의 그것보다 훨
씬 더 위압적이었다고 말할 수 있을 것이다. 군인들은 직업상
의 능력을 실천하는 것일 뿐, 일과가 끝나면 다양한 성격의 인
간들로 되돌아간다. 하지만 거리에서 행진을 하던 이들은 자
신들의 작업복 속에서, 육체 속에서, 사고 속에서 바로 뿌리까
지 무언가에 사로잡혀 있었다. 그런데 내가 그들이 앞으로 나
아가는 모습을 지켜보고 있을 때, 그 대열이 갑자기 멈추어 섰
다.

그 순간은 한참 지속되었다. 다른 몇몇 거리도 붉은광장을
향해 수문처럼 열려 있어야 했기 때문에, 칼날 같은 추위이지

만(또 그 전날 눈이 왔었다), 여기서 사람들은 기다리고 기다렸다. 그리고 갑자기 일종의 기적이 일어났다. 그 기적이란 그들이 인간으로 되돌아갔다는 의미, 이 결합체기 살아 있는 개인들로 분해되었다는 의미다.

고음의 아코디언 곡조가 들려왔다. 행진을 위해 자신들의 금관악기를 들고 행렬 사이에 끼어 있던 브라스밴드들이 한 곳에 원을 만들며 모여든 다음 연주를 했다. 그리고 군중은 한편으로는 몸을 덥히기 위해, 다른 한편으로는 기다림의 무료함을 달래기 위해, 혹은 축제일을 축하하기 위해, 차츰 춤을 추기 시작했다. 이어서 이 수만 명의 남자와 여자 들이, 바로 붉은광장으로 들어서는 입구에서, 갑자기 추위에서 벗어난 얼굴로, 그리고 입에는 미소를 가득 지은 채, 원을 그리며 춤을 추었다. 그러자 긴 거리 전체가, 7월 14일 밤[2] 파리의 어떤 교외가 그랬듯, 순식간에 온후하고 다정한 모습을 띠었다.

어떤 낯선 사람은 나를 불러 담배 한 대를 내밀었다. 다른 사람은 불을 붙여 줬다. 군중은 행복했다….

이어서 가벼운 동요가 일어나자, 브라스밴드들은 그들의 관악기를 다시 정돈하고, 어떤 이들은 깃발을 다시 쳐들고, 어떤 이들은 군중이 다시 올바른 대열을 갖추도록 움직여 다녔다. 어떤 그룹의 지도자는 들고 있던 지팡이로 여성 대열 지휘자

---

2. 프랑스혁명은 1789년 7월 14일에 프랑스 민중이 소총을 구하기 위해 바스티유 감옥을 함락하면서 본격적으로 시작되었다. 프랑스는 오늘날까지 이 날을 국경일로 지정해 곳곳에서 다양하고 큰 행사를 주최하고 있다.

의 몸을 살짝 두들긴 다음 밀며 제자리로 되돌려 보냈다. 이
것이 개인적인 행동의 마지막 표현, 친근한 행동의 마지막 표
현이었다. 사람들은 다시 진지해졌고, 붉은광장을 향해 다시
행진하기 시작했다. 군중은 이미 각성하고 있었고, 곧 스탈린
앞을 열을 지어 지나갈 차례가 되었다.

밤에, 기차에서는
고국으로 되돌아가는 폴란드 광부들 사이에서
아기 모차르트가 잠들어 있었다…

지난 글에서, 나는 5월 1일의 모스크바 거리에 대해 얘기했다(나는 그 전날 모스크바에 도착했다). 나는 이런 식으로 시사성 있는 주제에 글을 할애했다. 그런데 나는 나의 여정에 대해 먼저 얘기했어야 했다. 내 경우, 여정은 한 나라를 이해하려 준비하는 일종의 서문이다. 아마 국제 특급열차 내의 분위기조차도 무언가를 가르쳐 주는 것이 있을 것이다. 그 열차는 단순히 밤에 평원을 가르며 달리는 기차가 아니라, 어딘가에 깊숙이 진입하게끔 도와주는 도구다. 그것은 불안과 분노로 찢겨진 어떤 유럽을 일직선으로 달리고 있다. 그리고 비록 그 진입을 위한 질주가 겉으로는 평온하게 보인다 할지라도, 아마 어떤 비밀스런 징후가 그 찢겨진 대륙을 보여 줄 것이다.

자정이다. 내 객실에서, 작은 전구의 희미한 빛 아래서, 몸을 쭉 뻗고 누운 나는 처음에는 그저 기차의 움직임에 몸을 내맡긴다. 차축들이 덜커덩거린다. 그 박동 소리는 구리 강판과 목재들을 지나 내게까지 전달된다. 바깥에서는 무언가가 지나쳐 간다. 소리의 질이 변화한다. 기차가 어떤 다리나 벽을 거칠게 지나가고 있다. 하지만 역과 그 트인 철로를 지날 때는 모래 사장을 지날 때처럼 아무 소리도 나지 않는다. 그리고 처음에 나는 기차 안에서 이런 소리를 듣는 일 이외에는 아무것도 알 지 못하고 있다.

수백 명의 여행객들이 나처럼 편안히 기차의 움직임에 몸을 맡긴 채로 객차 안에서 잠들어 있다. 그런데 저들도 내가 느끼 고 있는 이 불안을 느끼는 걸까? 나는 내가 찾으려고 하는 것 을 아마도 발견하지 못할 것이다. 나는 그림 같은 풍경이라는 말을 믿지 않는다. 그것이 얼마나 우리를 속이는지 잘 알 만 큼, 나는 확실히 많은 여행을 했다. 어떤 광경이 우리를 즐겁 게 하고 우리에게 궁금증을 불러일으킨다면, 이것은 우리가 그 광경을 여전히 이방인의 시선으로 보기 때문이다. 곧, 우리 는 그 광경의 본질을 이해하지 못한 것이다. 실제로, 복장 · 의 식(儀式) · 놀이 규칙의 본질은 그것들이 삶에 부여하는 미적 판단에 있고, 그것들이 만들어 내는 삶의 의미에 있다. 그런 데 그것들이 이미 이런 능력을 갖고 있다면, 더 이상 그림 같 은 것으로 보이지 않고 당연하고 명백한 것으로 보인다. 그럼 에도 불구하고, 우리는 각자 여행의 깊은 본성을 혼동하며 이 해하고 있다. 여행은 우리 모두에 대해, 우리를 향해 걸어오는 어떤 여인과 다소 비슷하다. 그 여인은 군중 사이로 사라지 고 우리가 찾아야 할 여인이 된다. 그 여인은 처음에 다른 사람들 사이에서 눈에 띄지 않는다. 하지만 그 여인을 찾기 위해 수많은 여인들 곁을 지나며 확인을 한다 하더라도, 만일 군중 속에서 유일하게 상처받기 쉬운 그 여인을 알아볼 능력이 우리에게 없다면, 우리는 그 여인을 발견할 기회를 아깝게 놓치며 시간을 허비하게 될 것이다. 여행은 이런 것이다.

나는 3일간 갇혀 지내야 할 이 작은 나라, 파도에 의해 이리저리 구르는 조약돌들의 소리 같은 것에 의해 3일간 포로로 머물러 있어야 할 이 작은 나라를 구경하고 싶어 자리에서 일어났다.

나는 새벽 1시경에 기차 안을 앞부터 끝까지 종단했다. 침대칸들은 비어 있었다. 1등 칸들도 비어 있었다. 이런 모습을 보는 내게는, 한겨울 내내 어떤 멸종한 무리의 마지막 주자인 어느 한 명의 손님만을 위해 영업을 하고 있던 리비에라 해안의 고급 호텔들이 떠올랐다. 씁쓸한 시대의 상징이다.

그런데 3등 칸에는 해고를 당해 고국으로 돌아가는 수백 명의 폴란드 노동자들이 머물고 있었다.[1] 그래서 나는 이 복도에서는 드러누워 있는 몸들을 건너뛰며 앞으로 나아갔다. 나는 무언가를 쳐다보기 위해 멈추어 서기도 했다. 나는 병영이나 경찰서 냄새를 풍기는 공동 침실을 닮은 칸막이 없는 이 객차

---

1. 1930년대 프랑스는 경제 침체기를 겪었다. 당시 수요는 급감하고 은행과 기업 들이 파산하는 등 여러 면에서 경제 상황이 좋지 않았고, 결과적으로 실업율도 높았다. 이때 프랑스는 외국에서 들어온 노동자들을 본국으로 돌려보내는 정책을 취했다.

들 안에 서서, 희미한 빛을 내는 작은 전구들 아래로, 특급열
차의 움직임에 서로 몸이 뒤엉키고 녹초가 되어 있는 한 국가
의 동포 전체를 알아보았다. 모두가 마음을 불편하게 하는 꿈
속에 깊이 빠져 있었고, 다시 불행한 생활을 접하게 될 국민이
었다. 머리를 매우 짧게 깎은 얼굴들은 의자들의 나무판자 바
닥에 기대어 좌우로 움직이고 있었다. 남자, 여자, 아이들 모
두가, 마치 기차에서 나는 이 모든 소리들, 그들의 망각된 기
억에까지 쫓아와 위협하는 이 모든 요동들에 의해 공격을 받
는 듯, 한편에서 다른 편으로 반복해서 돌아눕고 있었다. 이들
은 단잠에서도 결코 따뜻한 환대를 발견할 수 없었다. 그리고
무엇보다, 경제 상황의 여파로 유럽의 한 끄트머리에서 다른
끄트머리로 휩쓸려 가는 이들, 프랑스 북부 지방의 아담한 집,
작은 정원, 이전에 내가 폴란드 광부들의 집 창가에서 눈여겨
본 적 있는 세 개의 제라늄 화분과 강제로 이별하게 된 이들
은 내게 인간성을 반(半)은 상실하고 있는 것으로 보였다. 이
들은 제대로 매듭을 묶지도 못하고 이곳저곳 물건들이 튀어
나와 구멍이 난 보따리들에 취사도구, 담요, 커튼들을 챙겨 왔
을 뿐이다. 그런데 이들이 프랑스에서 4, 5년간 머물며 애정을
주었거나 매우 가까워지게 된 모든 것들, 결국에는 길들이게
된 모든 것들, 곧 고양이, 개, 제라늄을 두고 떠나야 했던 대신
에, 이 주방 용품 세트들만을 챙겨 와야 했다.

　한 아기가 어머니의 젖을 먹고 있었는데, 너무 지친 그 어머
니는 잠들어 있는 것처럼 보였다. 이 부조리하고 무질서한 여

행 가운데서도 생명의 숨이 전달되고 있었다. 나는 그 아버지를 바라보았다. 아무것도 쓰지 않은, 돌처럼 무거운 머리. 여기저기 부풀어 오르고 구멍이 난 작업복을 꽉 끼어 입은 몸은 불편한 잠자리 때문에 움츠리고 있었다. 그는 진흙 덩어리처럼 보였다. 이런 식으로, 밤중에, 객차의 의자들은 더 이상 온전한 형태를 갖추지 못한 표류물들을 무겁게 받치고 있었다. 나는 생각했다.

‘문제는 결코 이 비참함, 이 불결함, 이 추악함에 있는 것이 아니다. 그런데 이 남자와 이 여자는 어느 날 서로를 알게 됐다. 그리고 틀림없이 남자가 여자에게 먼저 미소를 지어 보였을 것이다. 그러고는 어느 날 일과가 끝난 다음, 분명 남자가 여자에게 꽃을 주었을 것이다. 그는 수줍음을 타고 언행이 서툴렀기 때문에, 아마도 여자가 자기를 경멸할 것이라고 생각하며 몸이 떨렸을 것이다. 그런데 여자는 자연스런 교태 때문에, 그리고 이 남자가 우아한 사람이라는 확신을 품고 있었기 때문에, 그를 놀리고 불안하게 만들며 즐거워했을 것이다. 그래서 이 상대방은, 지금은 곡괭이질이나 망치질을 하는 기계일 뿐이지만, 그렇게 마음속으로 달콤한 고뇌를 경험했다. 신비로운 사실은 그런 남자가 이런 진흙 덩어리가 되었다는 것이다. 그는 어떤 끔찍한 과정을 거쳤기에 지금의 모습을 하고 있는 걸까? 사슴이든 영양이든 늙어 가는 동물도 자신의 우아함을 보존한다. 흙을 빚어 만든 아름다운 인간이 왜 이토록 불행한 모습으로 변화했을까?’

그러고는 나는 불편한 장소에 있는 듯 잠을 심하게 방해받고 있는 이 국민 사이로 내 길을 계속 간다. 거칠게 코 고는 소리, 어렴풋이 들리는 불평 소리, 투박하고 해어진 한쪽 발의 작업화로 다른 쪽 발의 작업화를 긁는 소리가 내가 가는 길을 희미하게 채우고 있었다….

그리고 바닷물에 의해 조약돌들이 이리저리 구르는 소리를 닮은 소리가 저음으로 끊이지 않고 계속 들려왔다.

나는 한 부부 맞은편에 앉았다. 아기가 남자와 여자 사이에서 그럭저럭 자리를 차지한 채로 잠들어 있었다. 아기는 잠을 자면서 몸을 반대편으로 돌렸고, 그 바람에 작은 전구 아래서 그 얼굴이 보였다. 아, 얼마나 사랑스런 얼굴인가! 이 부부에게서 잘 익은 과일나무의 열매 같은 아이가 태어난 것이다. 넝마 같은 옷을 무겁게 걸치고 있는 이들에게서 매혹적인 결실, 은총의 결실이 태어난 것이다! 나는 그 윤기 흐르는 이마 위로, 조금 앞으로 내민 그 입술 위로 몸을 기울이며 생각했다. '이것이 바로 음악가의 얼굴이구나, 이것이 바로 아기 모차르트구나, 이것이 바로 삶의 아름다운 약속이구나!' 전설 속의 아기 왕자들도 이 아기와 결코 다르지 않았다. 사람들이 둘러싸고, 보호하고, 보살펴 주는 이 아기가 무엇이든 되지 못할까? 어떤 변화 때문에 정원에서 장미가 처음으로 피면, 모든 정원사들은 바로 감동을 경험한다. 그들은 장미를 다른 식물들로부터 격리하고, 보살피고, 그것이 자라날 환경을 마련한다…. 그런데 인간들에게는 그렇게 보살펴 주는 정원사가 결코 없다. 이 아기 모차르트도 언젠가는 이곳의 다른 사람들과 같은 형상을 갖추게 될 것이다. 그는 카페-콩세르[2]의 역한 냄새 속에서 퇴폐적인 음악을 들을 때 가장 큰 기쁨을 느낄 것이다. 이 모차르트는 그렇게 될 운명을….

나는 내 객실로 돌아왔다. 나는 생각했다.

'이들은 자신들의 운명으로부터 거의 고통 받지 않고 있다. 이 순간 내가 고통을 느끼는 이유도 결코 자비심 때문이 아니다. 언제나 다시 생겨나는 상처 때문에 마음이 동요될 필요는 결코 없다. 상처를 지니고 있는 그들은 그 상처조차 느끼지 않는다. 하지만 이 순간 상처를 받은 존재, 고통을 경험하는 존재는 개인이 아니라, 인간 종(種)과 비슷한 어떤 것이다. 나는 동정이라는 것을 거의 믿지 않는다. 이 밤에 나를 고통스럽게 만드는 것은 그 정원사의 시선이다. 나를 고통스럽게 만드는 것은 요컨대 사람들이 게으름에 빠져 살듯 비참함에 빠져 산다는 사실이 결코 아니다. 동양의 어떤 민족들은 매우 더러운 곳에서 살면서도 그 상황을 즐긴다. 나는, 지금 서민들의 수프를 맛있게 먹을 수 있는 상황에 놓인다 하더라도, 지금 나를 고통스럽게 만드는 것으로부터 결코 벗어날 수 없다. 나를 고통스럽게 만드는 것은 그 홀쭉한 얼굴도, 그 부은 얼굴도, 그 추악함도 아니다. 그것은 이들 각자의 내면에 어느 정도 존재하고 있던 모차르트가 살해당했다는 사실이다.'

---

2. café-concert, 손님들이 술을 마시거나 식사를 하면서 가수의 노래를 듣거나 극단의 희극을 감상하는 곳.

나는 내 객실에 있다. 객실 보이가 내게 다가온다. 차체가 좌우로 거칠게 흔들리는 바람에, 그는 작은 전구 아래에서 비틀거린다. 그는 내게 말을 한다. 기차를 타고 있을 때, 밤에는 모든 목소리들이 어떤 비밀을 털어놓는 것 같이 느껴진다. 그는 내게 아침에 몇 시에 일어날 것인지 묻는다. 이 순간, 외면적으로 신비스러워 보이는 일은 아무것도 없다. 그럼에도 불구하고 나는, 이 무관심한 표정의 남자와 나 사이에, 인간들 사이를 가르는 그 모든 빈 공간들이 존재한다는 것을 느낀다. 우리는 도시에 있을 때 인간이 어떤 존재인지 망각한다. 인간은 그가 사회에서 맡고 있는 역할로 환원된다. 곧, 그는 우편 배달부이거나, 상인이거나, 당신을 괴롭히는 이웃집 사람이다. 그러나 우리는, 사막 한가운데 있을 때, 인간이 어떤 존재인지 가장 잘 이해하게 된다. 비행기가 고장 나는 바람에 조종사는 작은 요새 도시인 누악쇼트[3]가 위치한 방향으로 머나먼 거리를 걸어왔다. 도시가 나타나기를 기대하고 있을 때, 갈증 때문에 그의 눈앞에 신기루가 펼쳐진다. 거기서 그가 마주치는 거라고는 수개월 전 사막에서 길을 잃은 늙은 중사 한 명뿐인데, 이 남자는 너무 감격스러운 나머지 눈물을 흘린다. 그 역시 눈물을 흘린다. 이어서 각자가 자신의 전 생애를 얘기하게 되는 드넓은 어둠의 밤이 펼쳐진다. 그들은 서로에게 기억의 커다란 꾸러미를 선물로 주고, 그는 이 꾸러미에서 인간

---

3. Nouakchott, 아프리카 서북부에 위치한 모리타니의 수도.

적인 유사성을 발견한다. 두 사람은 만남을 이뤘고, 대사(大使)들의 위엄을 갖추어 선물을 주며 서로에게 경의를 표한다.

식당 칸이다. 나는 이곳에 오기 위해 폴란드인들이 머물고 있는 모든 칸을 한 번 더 지나쳤다. 거기서 그들은 햇빛을 받으며 널브러져 누워 있었다. 그리고 이미 지난밤의 진실은 완전히 사라지고 없었다. 그들은 일원들끼리 모여 앉거나, 아이들의 코를 풀어 주거나, 자신들의 누더기 같은 옷들을 정리하였다. 그들은 풍경을 바라보며 즐거워한다. 한 명은 노래를 부른다. 비극은 사라졌다. 나는 사람들이 자신을 있는 그대로 보면서도 평화롭게 살 수 있다는 것을 이해하게 된다. 그들은 자신들의 두터운 손으로는 곡괭이질 이외에는 아무 일도 하지 못할 것이다. 그런데도 그들은 아무것도 문제 삼지 않는다. 실제로, 자신들의 운명에 의해 지금의 모습을 하고 있는 그들은, 자신들의 운명에 맞게, 그들의 형상이 다듬어질 것처럼 보인다.

나는 그들이 기름때가 묻은 종이 안에서 평화롭게 먹을거리를 꺼내고, 또한 평원이 펼쳐진 풍경들에서 소박한 즐거움을 느끼는 모습을 보며 기쁨을 느낄 수도 있을 것이다. 나는 사회적인 문제는 전혀 존재하지 않는다고 생각하며 안심할 수도 있을 것이다. 그 얼굴들은 돌덩어리처럼 단단한 근육질이다. 그런데 나는 지난밤의 마술 속에서, 그 근육질들 사이에 잠들어 있던 아기 모차르트를 보았다….

기차가 평원과 숲 들을 가로질러 달린다. 닳은 모피처럼 헐

벗은 숲들이 펼쳐진 척박한 땅들이 나타나고 있다. 기차는 독일 중심부로 깊이 들어간다. 오늘의 식당 칸은 독일풍의 분위기가 난다. 보이들은 대영주들의 예의 바르긴 하지만 차가운 태도를 보이며 돌아다닌다. 독일 출신이건, 폴란드 출신이건, 러시아 출신이건 간에, 왜 보이들은 끝까지 그런 대영주 같은 태도를 지니려 할까? 프랑스를 벗어날 때마다, 프랑스에는 느슨한 태도 같은 무언가가 존재한다는 사실을 발견하게 되는 것은 무슨 이유 때문일까? 왜 프랑스에는 선거철에 환심을 사려는 태도 같은 다소 천박한 분위기가 존재하는 걸까? 왜 사람들은 자신들의 직업적 역할에 대해, 사회와 관련 있는 것에 대해 무관심할까? 그런 잠을 자는 듯한 상태는 무엇 때문일까? 지방에서 여는 제막식들, 그러니까 지방 기관의 어떤 고위 관리가, 자신도 처음 이름을 들었고 어쩌면 과거에 모사꾼이었을지 모를 정체 모호한 인물의 동상을 마주하고서, 기념사를 미리 써 오지도 않은 채 연설하고, 그리고 이 연설 내내 군중이나 자신이나 한 마디도 머리에 담아 두지 않을 찬사를 동상에 남발하는 그 제막식들이 상징적이다. 그 고위 관리는 아무런 의미도 전달하는 일 없이 축제를, 일종의 선심성 축제를 벌이는 것이다. 이어서 사람들은 연회를 벌일 생각을 한다!

하지만 우리는, 국경을 넘어선 곳에서는, 사람들이 자신들의 사회적 역할로 되돌아간다고 갑자기 느낀다. 흠 없는 차림새를 한 식당 칸의 보이는 완벽한 태도로 시중을 든다. 만일 어떤 고위 관리가 제막식 연설을 해야 한다면, 그는 청중의 관심을 붙들어 둘 내용들을 언급한다. 그의 말은 사람들의 가슴에까지 전달되고, 아무리 작은 동상이라도 땅에 묻힌 고인을 위해 경찰들이 사용하는 두터운 피복으로 제막식 때까지 그 표면을 덮어 둔다. 축제가 무언가 의미를 갖는 것이다.

그렇기는 하지만, 프랑스에는 삶의 그 부드러움이, 모두가 가족이라는 그 감정이… 택시 기사는 바로 그의 친근함으로 말미암아 여러분을 마음 깊은 데까지 받아들인다. 르와얄 거리 카페 종업원들의 상냥함. 이 종업원들은 파리의 모든 거리들 중 반(半)을 경험으로 직접 알고 있고, 그곳들의 비밀도 알고 있다. 그들은 매우 개인적인 전화를 하는 중이라도 손님을 위해 전화를 잠시 끊고, 필요하다면 손님에게 백 프랑을 빌려 준다. 그리고 새싹이 움트면, 이 소식을 함께 나누기 위해 잘 아는 손님들에게 돌아와 전한다.

"이제, 봄이군요!…"

모든 것이 모순적이다. 비극이란 삶을 진행시켜야 할 방향을 선택해야만 하거나, 아니면 발견해야만 한다는 사실에 있다. 나는 맞은편에 앉은 독일인이 내게 하는 말을 들으며 그런 생각을 한다. 그는 말한다. "프랑스와 독일이 연합하면 세계의 주인이 될 겁니다. 프랑스인들은 러시아에 대해 방어벽 역할을 하는 히틀러를 왜 두려워하는 겁니까? 그는 이곳 국민들에게, 원래부터 갖고 있던 자유로운 국민의 자질을 되돌려 주려고 할 뿐입니다. 그는 도시들마다 각각의 이름을 지닌 거리들을 만든 다음, 후세에 전하는 그런 사람의 면모를 지니고 있습니다. 그는 질서를 대표합니다."

그런데 나처럼 러시아에 가는 길인 옆 테이블의 스페인 사람들은 벌써부터 홍분해 있다. 그들이 스탈린에 대해 대화하는 소리가 내게 들린다. 5개년 계획에 대해 대화하는 소리도. 또한 거기서 성공적으로 수행되고 있는 모든 일들에 대해 대화를 하는 소리도….[4] 그러니 분위기가 얼마나 많이 바뀌었는가! 일단 프랑스 국경을 건너면, 사람들은 더 이상 봄이 오는 것에 대해 홍미를 갖지 않고, 대신 인류의 운명에 대해 더 큰 고민을 하는 듯 보인다.

---

4. 이 당시 소련과 스페인은 겉으로는 우호적 관계를 맺고 있었다. 그러나 사실은 스페인이 소련에 이용당하는 상황이었다. 스페인은 소련에 대해 매우 많은 양의 금을 제공했지만, 이에 대해 소련은 질 낮은 원료를 매우 적은 양만 제공했을 뿐이다. 그리고 스탈린이 스페인에 2천 명의 정치인·군인·경찰 간부를 파견한 이유는 외교관계를 위해서가 아니라, 스페인 내에서 트로츠키즘을 완전히 무력화하기 위해서였다.

모스크바!
그런데 혁명은 어디에 있을까?

우리의 특급열차는 러시아 국경 근방에서 30분간 서행했다. 즐겁던 열차의 움직임이 마치 저절로 그런 듯 사라져 버린다. 열차를 갈아타야 하기 때문에 나는 가방들을 꾸렸고, 그런 다음 복도 창에 이마를 기대고 생각에 잠긴다. 나는 폴란드에 대해, 모래가 날아다니던 대기와 검은 전나무들밖에 모르게 될 것이다. 나는 다소 슬픈 분위기의 강기슭에 대한 기억만을 가져가게 될 것이다.

북쪽으로 올라갈수록 더욱 다채로운 빛이 쏟아진다. 열대 지방에서도 빛은 밝게 빛나지만, 형형색색의 모습을 보여 주지는 않는다. 그곳에도 빛은 있지만, 빛 속에서 사물은 검게 보인다. 하늘 자체가 검다. 그러나 여기서는 이미 사물들이 생동감을 띠고 빛을 반짝인다. 이 저녁에 전나무들 사이에서, 고요하고 써늘한 축제의 빛이 점등한다. 이것은 이 슬픈 빛의 전나무가 바람을 받아들이듯 화염을 잘 받아들이고, 마찬가지로 빛을 가장 잘 받아들이는 나무이기 때문이다. 나는 나무들이 불에 탄 경우는 없었지만 가지와 잎사귀들이 바람에 날리곤 하던 나의 '랑드의 숲'[1]을 떠올린다.

이어서 열차는 승강장을 따라 천천히 멈춘다….

이곳이 러시아로 진입할 수 있는 니에고렐로이[2]이다.

나는 어떤 선입견 때문에 여기서 폐허의 흔적을 찾아보려 했을까? 이곳의 세관은 축제를 여는 홀로도 사용할 수 있을 정도였다. 넓고, 쾌적하고, 사방의 벽에 금빛을 입혔다. 역의 식당은 더욱더 예상하지 못한 모습이다. 작은 테이블에서 식사를 하는 사람들을 위해 보헤미안 악단이 싱싱하게 자란 식물들 사이에서 조용히 연주를 하고 있다. 나는 이런 현실과 내가 생각했던 바를 서로 일치시키기가 힘들고, 이어서 불신감을 갖는다. 즉, 이곳은 외국인들을 위해 마련한 공간인 것이다. 그래, 아마 그 이유 때문일 것이다. 벨르가르드[3]의 세관도 있다. 벨르가르드의 세관도 데포(Dépôt)의 안마당과 비슷하다.

그래, 나는 이곳 사람들이 나를 속이고 있다고 기꺼이 생각

----

1. '랑드(Landes)'는 대서양과 면해 있는 프랑스 서남부 지역이다. 이곳에는 특별히 '랑드의 숲(forêt des Landes)'이라 부르는 아름답고 매우 큰 숲 지대가 있다.
2. Niegoreloy, 오늘날 이 명칭의 국경 세관은 찾아볼 수 없다. 당시 소련에서는 행정이나 기관 부서의 명칭이 바뀌는 일은 흔한 일이었다고 한다.
3. Bellegarde, 프랑스 서쪽으로 스위스와 국경을 면하고 있는 도시. 이곳의 역은 19세기 말부터 프랑스의 리옹과 스위스의 제네바를 잇는 열차가 지나다녔다.

하고 싶지만, 지금 나는 조사원이 아니라 수화물을 세밀하게 검사받는 단순한 외국인이기 때문에, 세관 사무원이 내 짐들을 아무렇게나 취급하더라도 잠자코 있을 수밖에 없다. 하지만 내 옆에 있는 사람은 다소 불만스런 심정을 나타낸다.

"정말, 당신네 나라지요, 당신이 제 옷들을 더럽힌다 해도 어쩔 수 없죠…."

세관 사무원은 그를 쳐다본 다음 무관심한 표정으로 다시 검사를 자세히 시작한다. 그가 그렇게 무관심한 태도를 보였기 때문에, 그 과정이 전혀 진지하게 느껴지지 않았다. 그는 자기의 권력을 보여 주는 일에 대해 무관심하다. 그리고 이런 이유 때문에, 갑자기 나는 그가 1억 6천만 인간들의 어깨 위에 서 있다고 느꼈다. 러시아의 신비함 때문에, 내게는 그가 강한 인간으로 느껴진다. 나의 이웃도 그런 무관심한 태도 때문에 불평을 그만둔다. 적지에서 침묵과 눈(雪)만을 발견하는 군인들의 그것처럼, 그의 분노도 빨리 사그라진다. 그도 침묵한다.

지금 모스크바 행 기차에 탑승한 나는 어둠 속에서 풍경을 분간해 보려고 애쓴다. 이곳이 바로 우리가 흥분을 하지 않고서는 언급을 할 수 없는 그 나라다. 그런데 바로 그런 흥분들 때문에, 또한 소련이 우리와 매우 가까운 나라라고 하더라도, 이 나라는 우리가 아는 것이 아무것도 없는 나라다. 우리는 중국을 더 잘 알고 있고, 어떤 관점에서 중국을 판단해야 할지 더 잘 알고 있다. 우리는 중국에 대해서는 거의 이견을 갖

지 않는다. 그러나 소련을 판단할 때는, 관점에 따라, 우리는
존경심 아니면 적개심을 갖는다. 곧, 인간을 창조하는 일과 개
인을 존중하는 일 중 어떤 일을 최우선에 둘 것인가에 따라.

그런데 지금까지 나는 아무 문제도 겪지 않았다. 그리고 내
게 이 나라를 열어 보인 것은 바로 조금 전의 사랑스런 세관
사무원이었다. 보헤미안 악단도 있었다. 세상의 지배인들 중
가장 멋진 스타일에 가장 차갑게 보이던 식당 객차의 지배인
도 있었다.

아침이고, 객차 내에는 도착에 대한 기대감 때문에 벌써 가
볍게 들뜬 감정이 퍼져 있다. 창밖으로 지나치는 땅에는 이미
집들이 나타난다. 이어서 그 집들의 수가 크게 불어나고, 또한
서로 조밀하게 모여드는 모습이 보인다. 도로망들은 방사상
과 나선형 형태로 조직되어 간다. 풍경 속에서 무언가가 모습
을 갖추어 간다. 이것이 진흙탕의 대륙 심장부에 위치한 모스
크바다.

열차가 선회를 하자, 우리 눈에 갑자기 어떤 블록처럼 도시
가 한꺼번에 나타난다. 이어서 나는 모스크바 상공에서 열을
지어 비행하는 71기의 비행기 기수를 세어 본다.

따라서 내가 갖는 첫 번째 이미지는 생명력 가득한 한 벌떼
가 날아다니는 거대한 벌통의 이미지다.

조르주 케셀[4]이 역에 마중 나와 있다. 그가 포터를 부르고,

---

4. Georges Kessel, 생텍쥐페리와 가까웠던 프랑스 작가 조제프 케셀
(Joseph Kessel, 1898-1979)의 형.

이어서 이 세계는 계속해서 환상의 외양을 벗는다. 이 포터는 여느 곳의 포터와 다를 바 없다. 그는 내 가방들을 택시에 싣고, 나는 택시에 오르기 전에 주위를 둘러본다. 내게는 커다란 광장밖에 보이지 않는데, 거기선 요란한 소리를 내는 화물차들이 아름다운 포장도로를 달리고 있다. 마르세유에서처럼 차량이 줄줄이 연결된 노상 전철도 보이는데, 특히 나는 군인과 아이들이 아이스크림 행상 여인네 주위로 모여든 모습, 예상하지 않았고 프랑스에서도 지방에서나 볼 수 있는 모습을 눈여겨본다.

그래서 나는 동화 같은 이야기들을 믿었을 정도로 내가 얼마나 순진했던가를 차츰차츰 발견한다. 나는 잘못된 길을 따라온 것이다. 나는 내가 경험하지 못한 신비한 일들의 징후를 볼 수 있기를 기대했다. 그리고 나는 아이처럼, 경비의 태도와 쇼윈도에 진열된 상품들의 모습에서 혁명의 자취를 찾으려 했다. 나는 두 시간 동안 거리들을 산책하며 그런 환상들을 씻어낸다. 혁명의 자취를 찾을 곳은 결코 이런 곳들이 아니다. 나는 일상의 영역에서는 어떤 것에 대해서도 더 이상 놀라지 않을 것 같다. 이곳의 소녀들이 우리에게 "모스크바에서 소녀가 혼자 바에 가는 일은 적절한 행동이 아닙니다"라거나, 혹은 "모스크바에서 사람들은 손에 키스를 하지만, 모든 장소에서 그런 것은 아닙니다"라고 대답하더라도 놀라지 않을 것 같다. 또한 가정부가 편찮으신 어머니를 찾아가는 바람에 내 러시아 친구들이 아침식사를 거르게 된다 하더라도 마찬가지일 것이다. 나는 내 자신의 실수를 통해, 사람들이 러시아에서의 경험을 얼마나 왜곡하려 했는지를 발견한다. 소련은 다른 데서 찾아야 한다. 이 땅이 혁명으로 얼마나 많이 개간되었는지는 다른 데서 발견하게 될 것이다. 비록 길을 포장하는 작업을 하는 것은 항상 포장 인부이고, 공장을 지휘하는 일을 하는 것은 항상 공장 감독이긴 하지만, 그런 일들을 선창의 석탄공[5]이 할 수 있는 것은 아닌 것이다.

그리고 내가 모스크바를 발견하기 위해서는 하루나 이틀 정도의 시간을 더 기다려야 할지라도 놀라지 않을 것이다. 역 승강장에서는 모스크바의 본모습을 볼 수 없었다. 도시는 여행객들에게 대사(大使)를 파견하지 않는 법이다. 우리 공화국의 대통령들만이, 그들이 도착한 알자스의 한 역의 승강장에서, 완벽하게 준비를 하고 완벽하게 전통 복장을 차려입은 알자스의 여자아이를 만나게 된다. 대통령들은 이 알자스의 여자아이를 포옹하며 도시의 영혼을 발견한다. 그들은 그 여자아이를 가슴으로 꼭 끌어안으며, 뜻밖의 대화를 통해 이 만남의 기회를 즐기기를 잊지 않는다.

---

5. 선창의 석탄 창고 관리를 맡은 선원. 일반적으로 선원이 되기 위해 갓 뱃일을 시작한 나이 어린 견습 선원이 이 일을 맡는다.

소련 법정에서의 죄와 벌

내게는 판사가 그의 사무실 안에서 가장 중요한 관점에 접근해 있는 것으로 보였다. 그는 내가 방금 말한 것을 자신도 되풀이해 말하며 그 관점을 명확히 했다.

"처벌을 해서는 안 됩니다, 대신 교정을 해야 합니다."

그가 매우 나지막한 목소리로 말했기 때문에, 나는 그의 말을 듣기 위해 몸을 앞으로 기울였고, 그리고 그는 말하는 동안 두 손으로 눈에 보이지 않는 찰흙을 조심스럽게 빚고 있었다. 나를 너머 먼 곳을 바라보던 그가 내게 다시 말했다.

"교정을 해야 합니다."

나는 바로 여기에 분노를 알지 못하는 사람이 있구나 하고 생각했다. 이 판사는 동포들에게 그들이 존재한다는 사실 자체로는 충분하지 않다는 것을 알리고 싶어 한다. 그에 대해 그들은 빚어서 무언가로 만들어야 할 아름다운 반죽 덩어리이고, 그리고 그는 분노에 대해서와 마찬가지로 애정에 대해서도 무감각하다. 우리는 진흙 덩어리를 빚는 모습을 보며 결과인 작품을 예측하고, 그 작품에 대해 커다란 사랑을 느낄 수 있지만, 애정은 개별성을 존중하는 태도에서만 생겨날 수 있다. 애정은 사소한 물건, 얼굴의 우스꽝스런 표정, 유별나고 이상한 습관들에 깃드는 것이다. 우리가 한 친구와 사별할 때, 우리가 몹시 그리워하는 것은 아마도 그의 결점들일 것이다.

이 판사는 판결하는 일을 스스로에게 허용하고 있지 않다. 그는 어떤 것에도 마음이 동요되지 않는 의사와 비슷하다. 그는 가능할 때는 사람들을 치료하지만, 다른 무엇보다 그가 바로 사회를 위해 봉사하고 있기 때문에, 치료를 할 수 없을 때는 총살을 한다. 그리고 형을 언도받은 자가 더듬거리며 말한다 하더라도, 혹은 입술을 꾹 다문다 하더라도, 혹은 류머티즘을 앓고 있다 하더라도 — 이런 사실들 때문에 그는 매우 연약한 우리와 비슷한 존재다 — 결코 사면을 받을 수 없다.

그리고 나는 다음의 사실을 이미 알아챘다. 이곳에서는 개인을 존중하는 태도가 상당히 결여되어 있는 대신, 인간, 곧 개개인들을 통해 영속적으로 존재하는 어떤 인간, 위대함을 일으켜 세워야 한다고 판단하는 어떤 인간에 대해서는 매우 크게 존중하는 태도가 있다.

나는 이곳에서 죄인이라는 사실은 더 이상 아무 의미도 갖지 않는다고 생각했다.

나는 왜 러시아 법이 사형에 큰 비중을 두고 있음에도 불구하고, 복역 기간이 10년을 초과하는 형벌은 결코 두지 않고,

또한 사형선고도 모두 줄이도록 하는지 지금 이해를 한다. 반체제 인사는 체제를 받아들이려 한다면 10년 이내에 그렇게 해야 할 것이다. 이 경우, 더 이상 목적 없는 형벌을 지속시키는 것이 무슨 소용이 있을까? 아랍 세계의 지도자도, 만일 법을 바꾼다면, "동류"로 취급받을 것이다. 소련에서는 형벌에 대한 관념 자체가 더 이상 의미를 갖지 못한다.

우리나라에서는 죄수에 대해 그가 대가를 지불하고 있다고 말한다. 그러나 죄수들이 해를 거듭하며 복역 기한을 채우지만, 그들이 지불한 대가가 무엇인지는 불명확하다. 심지어, 그들이 범한 일은 대가를 지불할 수 없는 일일 수 있다. 그러나 사람들은 죄수에게 다시 인간이 될 권리를 주기를 거부한다. 이런 이유에서, 어떤 50세의 도형수는 어느 날 분노 때문에 어쩌다 사람을 죽인 20살의 청년 때문에 아직도 대가를 치르고 있다.

판사는 마치 꿈속을 따라가듯 계속 생각을 따라간다.

"만일 공포 분위기를 조장해야 한다면, 보통법의 위법 사례가 증가한다면, 전염병을 막아야 한다면, 이때 우리는 처벌을 보다 강화합니다. 군기가 흐트러질 때는 엄격한 본보기를 보여 줘야 하고, 그래서 총살을 합니다. 전리품을 차지하기 위해 무단 침입을 해서 이런저런 물건들을 챙긴 군인은 2주 전에는 3년의 강제 노동 처벌을 받았지만, 지금은 생명을 내줘야 합니다. 그런데 이런 조처를 통해 우리는 전염병을 막았고, 사람들을 구해냈습니다. 우리에게 비도덕적으로 보이는 일은, 사

회가 위태로워질 때 가혹한 처벌을 하는 것이 아니라, 우리가
한 인간을 죄수로 만들었을 때, 그를 한 단어 안에 가둔다는
것입니다. 이런 일은, 마치 살인자는 그의 본성상, 그리고 평
생 동안, 살인자로 남아 있게 된다고 생각하는 것과 다름없습
니다. 이것은 깜둥이는 언제나 깜둥이밖에 될 수 없다고 생각
하는 것과 같습니다. 살인자는 다름 아닌 미래를 송두리째 빼
앗기는 인간이 됩니다."

판사는 계속 두 손으로 그의 보이지 않는 반죽을 빚고 있
다.

그는 말한다. "교정, 교정을 해야 합니다, 우리는 커다란 성
공을 거두었습니다."

나는 그의 관점을 다른 식으로 해석해 보려 시도한다. 나는
자기 나름의 법·도덕·헌신적 태도·잔혹함을 지니고 있는
깡패나 포주, 그리고 그들 삶의 환경을 상상해 본다. 나는 그
러한 집단에서 자란 사람이 목동으로 직업을 바꾸어 살아갈
수는 없을 거라는 사실을 인정한다. 혹시나 그렇게 된다면, 그
는 모험을 하거나 매복을 하거나 밤의 활동을 경험할 수 없게
될 것이다. 심지어, 그의 내면에서 살아오는 동안 발달시킬 수
있었던 능력들을 이용할 수 없게 될 것이다. 결단을 내리거나
용기를 발휘하는 일, 그러니까 아마도 무언가를 지배하려는
정신 말이다. 덕의 이로움에 관한 얘기들에도 불구하고, 그는
자신이 위축되는 것을 느낄 것이다. 삶은 명확한 각인을 남긴
다. 창녀들도 그녀들의 경력 때문에 나름대로의 성향을 뚜렷

이 지니게 되어, 다른 종류의 생활로 전향하기란 거의 불가능하다. 실제로, 그녀들은 신경을 자극하고 씁쓸한 기분을 안기는 그 기다림으로부터, 새벽녘에 느끼는 그 슬프고 써늘한 감각으로부터, 또한 그녀들이 순경들과 잔인한 도시와 화해를 하는 시간, 밤 동안 꾸민 모든 위협적인 계획이 해체되는 시간, 곧 새벽 5시에 대한 그 공포로부터, 또한 그 시간에 매우 다정스런 모습으로 떠 있는 그 초승달로부터 고통을 거의 경험하지 않는 능력을 갖고 있다. 이 경우, 비참함에 대한 취향이라고 말할 수 있을까? 알다시피 이런 사람들은 전쟁 같은 어떤 것에 의해 인격과 성격이 형성된 사람들이기 때문에, 평화로운 삶에 매력을 느끼지 않을 것이다. 의식의 평화에 대해서도 마찬가지다. 그런데 바로 이곳에서 기적이 일어나고 있다. 여기서는 그러한 도둑, 포주, 살인자들을 마치 창고에서 끄집어내듯 도형장으로부터 끄집어내어, 소총을 든 군인들의 감시 아래서 백해(白海)와 발틱해를 이을 운하를 파도록 보낸다. 그들은 거기서 모험을 되찾는데, 얼마나 훌륭한 모험이란 말인가!

거대한 체구의 노동자들인 그들은 한편의 바다에서 다른 편의 바다까지 협곡처럼 깊은 이랑, 배들이 운항할 수 있는 이랑을 파는 일을 맡게 되었다. 그들은 무너져 내리는 땅 옆에 성당처럼 커다랗고 높은 비계들을 설치하고, 잘려져 나간 땅의 측면 부분을 지지하기 위해 매우 두꺼운 널빤지들을 숲처럼 빽빽하게 설치하는데, 이 널빤지들은 지하의 지반이 확장될 때면 짚처럼 갈라진다. 밤이 오면, 그들은 카빈총들이 열을 지어 겨냥하고 있는 가운데 야영장으로 돌아온다. 이어서 육체를 짓누르는 피곤함 때문에, 자신들의 작업물 앞에서, 그리고 아직 작업을 시작하지 않은 땅의 면전에서 야영하는 그 무리들의 몸 위로 죽음 같은 침묵이 퍼진다. 그리고 차츰차츰 그들은 일에 빠져드는 자신들의 모습을 느낀다. 그들은 조를 이뤄 생활하고, 그들 중 기술을 가진 사람과 작업반장이 된 사람들의 지시를 따른다. 실제로, 죄수들이 일을 하는 공사장에서는 어떤 일이든 가능해진다. 죄수들 사이에서 자신들의 자연적인 지배력을 가장 잘 행사할 줄 아는 사람들이 통치를 하게 된다.

"판사님, 정의의 토대에 대해서는 동의를 합니다. 하지만 그렇게 사람들을 영원히 정복하려 하거나 감시하는 일, 국내 통행권 제도,[1] 개인을 집단에 종속시키는 일은 그야말로 저희에게는 용납할 수 없는 일로 보입니다, 판사님."

그럼에도 불구하고 이미 나는 이들을 이해하고 있다고 생각한다. 이들은 여기서 사회의 토대를 마련했고, 지금은 사람들이 사회의 법을 존중해야 할 뿐 아니라, 그 사회에서 살기를 요구하고 있다. 이들은 사람들이 외면적으로 뿐만 아니라 마음의 차원에서도 사회집단으로 조직화되기를 요구한다. 이런

---

1. 1932년에 소련은 국내 통행권 제도를 시행하기 시작했고, 모든 노동자에게 이 국내 통행권을 상사에게 맡겨둘 것을 명했다. 이것은 국내에서의 노동력 이동을 제한하기 위해 취한 정책이었다.

일이 완수될 때만 규율이 완화될 것이다. 그런데 이 순간, 한 친구가 들려준 아름다운 이야기가 떠오른다. 이 이야기가 문제를 다소 명확하게 바라보도록 해 줄 것이다.

그 친구는 자신이 살던 곳으로부터 다소 먼 작은 도시에서 기차를 놓치는 바람에, 오후 동안 역 대합실에 머무르게 되었다. 여기서 그는 누더기 같은 옷들을 싸 놓은 보따리들과 사모바르[2] 같은 뜻밖의 물건들이 많이 있는 것을 보고는 여행객들의 물품일 거라고 생각했다. 하지만 그는, 저녁이 됐을 때, 그 누더기 같은 옷들의 주인들이 하나둘씩 대합실로 들어서는 것을 보게 되었다. 그들은 조용하고 잰 걸음으로 일상의 일터에서 돌아오는 길이었다. 그들은 돌아오는 길에 상점에 들러 물건들을 사왔고, 이미 채소들을 삶을 생각에 몰두하고 있었다. 그 순간 대기실의 분위기는 낯익은 가족 펜션을 찾은 가족들의 신뢰 어린 분위기 그것이었다. 누군가는 노래를 불렀고, 누군가는 아이들의 코를 풀어 주었다. 내 친구는 무슨 일이 벌어지고 있는 것인지 알고자 역장에게 물었다.

"이들은 여기서 무엇을 하는 겁니까?"

역장이 내 친구에게 대답했다. "기다리는 겁니다."

"무엇을 기다리는데요?"

"출국 허가를요."

"어디로 떠나는 출국 허가죠?"

---

2. 차를 끓일 때 사용하는 러시아 전통의 주전자.

"떠나는 겁니다, 기차를 타는 겁니다."

역장은 이들이 단순히 떠나기를 원한다는 사실에 놀라지 않았다. 이들은 단순히 어디로든 떠나고 싶어 한다. 자신들의 운명을 완수하기 위해. 이곳의 별들은 그들에게 이미 빛이 바랬기 때문에, 새로운 별들을 발견하기 위해. 내 친구는 우선 그들의 인내심에 대해 커다란 존경심을 느꼈다. 그에게는 대합실에서의 2시간이 이미 참을 수 없는 지경이었고, 거기서 3일을 기다려야 했다면 미쳐 버렸을 것이다. 그런데 대합실에서 그들 중 어떤 이들은 조용히 노래를 부르고 있었고, 어떤 이들은 사모바르를 향해 평화로운 태도로 몸을 기울이고 있었다. 이때 내 친구는 역장에게 다시 돌아가 질문했다.

"그러면 이들은 언제부터 기다리고 있는 겁니까?"

역장은 쓰고 있던 모자의 챙을 들어 올리고는, 이마를 문지르며 머릿속으로 무언가를 계산한 다음 말했다.

"분명 5, 6년 되었습니다."

실제로, 러시아의 일부 민족은 노마드적 영혼을 소유하고 있다. 그 민족은 자신들이 거처하는 지역에 거의 집착하지 않고, 별들 아래서 무리를 이뤄 걷고 싶어 하는 그 아시아적인 오랜 욕망에 대한 강박관념을 갖고 있다. 그들은 무언가를 찾기 위해 항상 길을 떠났다. 신, 진리, 미래를 찾기 위해. 그리고 인간들의 집은 그들로 하여금 너무 한 땅에 얽매여 있다고 느끼게끔 만든다. 그들은 어떤 상황보다 이런 경우에서 벗어나기 위해 의지를 기울여 스스로를 해방시킨다.

평원 한 구석으로 양털처럼 보드라운 연기를 뿜어내는 작은 집이 그렇게나 불가항력적인 삶의 축이 되는 프랑스에서 갓 여행을 떠나온 사람은 이러한 떠남을 어떻게 생각할까. 프랑스에서는 집값을 내지 못하거나 임차 계약이 만료된 사람들을 강제로 내쫓으려 할 때, 수위가 그들의 살(肉)을 붙들고 늘어지며 내몰고, 또한 그들이 이웃들과 맺고 있던 다정한 관계들을 뿌리 뽑으며 그들을 미지의 세계로 내몬다. 프랑스에서는 북부 지방의 사람들이 역에서 노숙을 하면서 동시에 프로방스[3]의 부름에 매혹되어 있으리라고는 결코 상상하지 못한다. 북부 지방 사람들은 자신들의 친숙한 안개를 사랑하는 것이다. 그런데 여기서는….

여기서 이들은 드넓은 세계를 사랑한다. 아마도 이들은 무엇보다 그들의 꿈속에서 살고 있을 것이다. 이들에게는 땅을 가르쳐 줘야 한다. 이들에게는 구체적인 사항들을 가르쳐 줘야 한다. 그래서 이 체제는 이 영원한 순례자들과 맞서 투쟁을 벌이는 것이다. 어떤 별을 알아본 이들의 내면의 부름과 맞서. 이들이 눈에 보이지 않는 어떤 조수(潮水)의 움직임을 따라 북으로, 남으로 이동하지 못하도록 막아야 한다. 일단 혁명이 완수된 이상, 이들이 다른 새로운 사회체제를 향해 이동하지 못하도록 막아야 한다. 그 새로운 사회란 별들이 이들의 마음에다 불을 지르는 나라이지 않을까?

---

3. Provence, 프랑스 동남부에서 이탈리아와 국경을 면한 동시에 지중해와 접해 있는 지역. 지중해 부분을 제외하고는 대체로 삼림지대가 펼쳐져 있다.

그래서 이곳에서는 이런 방랑자들을 붙잡아 두기 위한 집을 짓고 있다. 이들에게는 주택을 임대하는 것이 아니라 판매한다. 국내 통행권 제도도 마련해 놓고 있다. 그리고 하늘에서 보내는 위험한 신호들에 너무 오랫동안 주의를 기울이는 자들이 있다면, 영하 60도의 겨울 추위가 칼날처럼 살을 에는 시베리아로 유형을 보낸다.

바로 이곳에서는 새로운 인간, 즉 안정적인 생활을 하고, 마치 프랑스의 어떤 정원사가 자신의 정원을 사랑할 줄 알듯, 자신의 공장을 사랑하고 또한 자기가 속한 집단을 사랑하는 인간을 아마도 이런 식으로 창조하고 있는 듯하다.

'막심-고리키'의 비극적 최후

세계에서 가장 큰 비행기 '막심-고리키'[1]가 추락했다. 그것이 하강 항로에서 착륙을 위해 준비하고 있을 때, 전투기 한 대가 시속 400km 이상의 속도로 '막심-고리키'와 충돌했다.

어떤 사람들은 전투기가 '막심-고리키'의 날개와 부딪쳤다고 말하고, 어떤 사람들은 중앙 엔진 부위와 부딪쳤다고 말하지만, 아무튼 모든 이들이 전투기가 엄청난 속도로 지면으로 나가떨어지는 모습을 보았다. 이어서 '막심-고리키'의 날개와 엔진, 그리고 기체와 날개가 연결된 부위가 검은 심부(深部)를 보이며 일부러 그런 듯 천천히 갈라졌다. 기체가 추락할 때 조종사가 속도를 조절한 듯 보인다. 이 광경을 본 사람들은 현기증 나는 곡예 비행이나, 어뢰 공격을 받은 함선이 거의 장엄하다 할 만한 모습으로 침몰하는 현장을 보는 듯한 인상을 받

---

1. Maxime-Gorki, 이 이름은 소설 『어머니』로 유명한 러시아의 대표적 프롤레타리아 작가 막심 고리키(1868-1936)에게서 따온 것이다.

았다.

42톤의 '막심-고리키'는 목재 가옥 위로 추락했고, 그 집은 완전히 파괴되고 불이 나 집 안에 있던 사람들은 모두 사망했다. 위대한 파일럿 주로프(Jouroff)를 포함한 11명의 승무원과 35명의 승객들도 모두 사망했다.

이 항공기 참사로 48명의 희생자가 생겼다. 러시아 비행 부대의 자존심인 '막심-고리키'는 기체 너비가 63m, 길이가 32m였다. 8개의 엔진 중 6개는 두꺼운 두 날개 내부에 위치하고, 모든 엔진이 생산하는 에너지는 7천 마력이었다. 순항 속도는 260km/h였다.

그것은 거대한 확성기를 싣고 상공을 날았기 때문에, 그 확성기 소리가 들릴 때면 지상에 있는 사람에게는 구름에서 소리가 내려오는 것 같았고, 그 소리 때문에 8개의 엔진이 으르렁거리는 소리도 들리지 않았다.

바로 이 사고가 발생하기 전날, 나는 '막심-고리키'에 탑승해 상공을 날았다. 이런 영광스런 기회를 부여받은 외국인은 내가 처음이었다. 그리고 마지막이었다…. 나는 필요한 탑승 허가를 얻기 위해 매우 오랫동안 기다려야 했는데, 그날 오후 내가 탑승의 희망을 이미 포기하고 있었을 때, 당국이 허가를 했다. 나는 기체의 가장 앞부분에 위치한 특별실에 자리를 잡아, 이곳에서 비행기가 이륙하는 모습을 지켜보았다. 기체는 강력하게 진동했고, 이어서 나는 이 거대한 구조물이 42톤의 몸체를 공중으로 빠르게 들어 올리는 것을 느꼈다. 나는 순탄

한 이륙 과정에 놀랐다.

우리가 기체를 돌려 모스크바 방향으로 날아가는 동안, 나는 비행기 안을 산책하기 위해 자리를 떴다. 내가 산책이라는 표현을 쓸 수 있는 것은 상공에 있는데도 불구하고 11곳의 주요 구역들을 방문했기 때문이고, 그 구역들은 자동 전화망이 있어 서로 연락이 두절되는 경우가 없었다. 그리고 압축 공기관 시스템[2]이 있어, 서면 명령들을 확실하게 전달하게끔 전화망을 보충하고 있었다. 기체 앞과 중앙 부분뿐 아니라 날개 내부에도 승무원실들이 배치되어 있을 만큼 기체는 어마어마하게 컸다. 따라서 나는 왼쪽 날개의 중앙 복도를 돌아다닐 수 있었고, 복도로 나 있는 문들을 하나씩 열어 보았다. 그 공간들은 승무원실이거나, 아니면 엔진이 하나씩 따로 자리하고 있던 진정한 기계들의 방이었다. 한 엔지니어가 나를 쫓아와서는 전력실을 구경시켜 줬다. 이 전력실에서 무선 전신 장치·확성기·이륙 장치들 이외에도, 총 1만 2천 와트를 소비하는 80개의 전등에 전력을 공급하고 있었다.

마치 어뢰정의 심부에 깊이 들어가 있는 것처럼, 내가 이 기체 내부에서 15분을 보낸 이후부터는 더 이상 태양빛을 볼 수 없게 되었다. 내 주위에는 온통 지치는 일 없이 무겁게 진동하는 엔진들의 움직임만이 있을 뿐이었다. 나는 전화 교환수들 곁을 지나쳤고, 승무원실을 지날 때는 그 내부에 있는 침대를

---

2. 압축된 공기를 이용해 파이프나 관 따위로 서류나 문서 등을 보내던 과거의 송달 시스템.

보았고, 푸른색 작업복을 입은 기계공들과도 마주쳤다. 내가 가장 놀랐을 때는 자신의 작업실에서 외부와 완전히 격리된 채 일하는 여(女) 타이피스트를 보았을 때였다….

나는 태양빛이 비추는 곳으로 되돌아왔다. 비행기 아래에서 모스크바는 천천히 회전하고 있었다. 특별실 한 구석에 앉아 있던 비행사령관은 파일럿들에게 전화로 무언가 명령을 내리고 있었다. 그에게로 전파 수신기에서 압축 공기관을 통해 메시지들이 전달되었는데, 나는 이런 현장을 보며, 여태껏 비행 중에 경험하지 못한 복잡한 구조의 집단, 조직화된 생활이 존재한다는 인상을 받았다.

나도 내 소파에 몸을 파묻고 눈을 감았다. 8대 엔진들의 진동이 소파의 등받이를 통해 전달되었다. 내 몸 안에서, 머리서부터 발끝까지, 그것들의 열정적인 생명력이 흐르는 것처럼 느껴졌다. 나는 빛을 생산하는 그 전력실을 다시 떠올려 보았고, 선박의 기관실처럼 뜨거운 열기가 감돌던 그 엔진실들도 기억해 보았다. 나는 다시 눈을 떴다.

특별실의 커다란 창에는 푸른색 빛이 흐르고 있고, 나는 고급 호텔의 발코니에 앉아 있는 기분으로 먼 곳의 땅을 바라보았다. 조종실, 탑승 장치, 탑승실이 일체를 이루고 있는 그 기체 중앙의 통일성이 여기서는 이미 깨져 있었다. 이곳에서 나는 장치의 영역으로부터 여가의 영역, 꿈의 영역으로 옮겨갔다.

그 다음 날, '막심-고리키'는 더 이상 세상에 존재하지 않게 됐다. 그리고 여기서는 이 사건을 국가의 초상(初喪)처럼 여기는 듯하다. 소련은 가장 뛰어난 조종사와 승무원들 중에서 선발한 파일럿 주로프와 10명의 승무원, 그리고 탑승객 35명, 즉 자신들의 노동력에 대한 보답으로 선발되어 탑승 기회를 얻었던 트파기(Tfagi) 공장의 노동자들을 잃은 것 이외에도, 자국에서 활발한 산업의 생명력을 증명하던 가장 훌륭한 생산품을 잃었다.

그런데 내가 말을 붙인 전문가들은 어떤 일로 인해 다소 진정을 하는 듯 보인다. 곧 그 거인이 추락한 것은 오직 부조리한 운명 때문이었다. 참사는 엔지니어들의 계산 착오나, 노동자들의 미숙련된 기술이나, 승무원들의 어떤 잘못 때문에 생긴 것이 아니다. 미사일의 탄도와도 같이 어김없는, 맹목적으로 날아가던 전투기의 항로에 있었다는 이유로, '막심-고리키'는 자신의 순탄한 항로가 피의 교차로로 변하며 타격을 받은 것이다.

'마드무아젤 그자비에'와 조금 술에 취한
10명의 왜소한 할머니들과 보낸 이국의 저녁,
그녀들은 자신들의 스무 살을 애달프게 그리워했다…

나는 숫자 30을 확인한 다음, 이 크고도 우울해 보이는 건물 앞에서 멈추어 선다. 입구 저쪽으로 안뜰과 투박한 형태의 커다란 집들이 연이어 있는 모습이 보인다. 살페트리에르 병원[1]에 들어가는 것도 이보다는 침울하지 않을 것이다. 사실, 주택들이 개미굴처럼 모여 있는 이곳은 모스크바에서는 차츰 사라져 가는 지역에 속한다. 언젠가 이곳은 허물어지고, 대신 그 자리에 커다랗고 깨끗한 주택들이 들어서게 될 것이다.

모스크바의 인구는 몇 년 사이에 약 3백만을 기록하게 되었다. 이 인구들은 할 수 없이 같은 공간에 가구들을 나누어 놓은 복합 주거 건물에 촘촘히 모여 있고, 그곳에서 살며 그들이 거주할 새 건물들이 완공되기를 기다리고 있다.

주택을 마련하는 메커니즘은 간단하다. 예를 들어, 역사 교

---

1. la Salpêtrière, 17세기에 루이 14세가 가난한 사람들을 위해 창설한 병원. 이후에 정신병자들을 수용하는 시설을 추가로 갖추게 되었고, 오늘날도 이곳에서는 정신병 치료를 시행하고 있다.

사 단체나 고급 가구 세공사 단체가 조합을 구성한다. 정부가
주택 건설 작업에 미리 돈을 대고, 이후 조합들로부터 달마다
일정 금액을 상환 받는다. 조합들은 건설 작업을 국영 건설
회사들에게 일임한다. 조합의 구성원들은 이미 어떤 주택을
보유하고, 주택에 어떤 페인트 색을 칠하고, 가구 등을 어떻게
배치할 건가에 대한 상세한 내용을 토의한 상태다. 그러고는
지금부터 각자가 이런 가구 딸린 우울한 집에서, 이런 삶의 대
기실에서 ─ 왜냐하면 이 생활은 일시적인 것일 뿐이기 때문
이다 ─ 인내하며 살고 있다.

새로운 주택들이 이미 이 땅 위에서 생겨나고 있다.

그래서 주택의 완공을 기다리는 사람들이 타지의 가건물에
서 생활하며 대개 그렇게 했듯, 이들도 비좁은 공간에 모여 살
며 계속 기다린다.

나는 그 안에서 개인적인 삶이 나름대로의 색깔을 갖는 오
늘날의 아파트들에 대해 이미 알고 있었다. 하지만 나는 아직
도 많은 수가 존재하는, 어두운 시절의 흔적을 몸소 판단해
보고 싶었다. 이런 이유에서 숫자 30 앞에 서 있던 나는 이리
저리 서성거리며 그림자처럼 현관으로 천천히 들어섰다. 여전
히 나는 이방인 뒤를 한 걸음 한 걸음 따라다니는 문지기들이
있을지 모른다고 어렴풋이 생각하고 있었다. 그리고 나는 그
들이 나와, 소련의 비밀스런 모습들이 존재하는 심장부 사이
를 가로막을지 모른다는 두려움을 느꼈다. 그러나 나는 수수
께끼처럼 들리는 지시 사항을 듣는 일 없이 입구를 통과했다.

나의 거동에 관심을 갖는 사람은 아무도 없었다. 일단 개미굴로 들어선 나는 한 인물이 거처하고 있는 곳을 알기 위해 맨 처음 마주친 사람에게 다가갔다. 나는 그 인물의 이름을 정성스럽게 기록해 두었고, 또한 나라는 인간의 존재 자체를 모른다 할지라도 갑작스런 방문으로 그를 놀라게 해 주고 싶었다.

"마드무아젤 그자비에가 어디서 살고 있나요?"

내가 처음으로 마주친 사람은 덩치 큰 아주머니였고, 그녀는 곧 나에게 호감 어린 태도를 나타냈다. 이어서 그녀의 입에서 말이 봇물처럼 쏟아져 나왔는데, 나는 한 마디도 이해하지 못했다. 내가 러시아어를 모르는 것이다.

나는 수줍어하며 이 사실을 몸짓으로 지적했지만, 그녀는 거기에 대해 추가적으로 수많은 설명을 덧붙이며 대답했다. 나는 도망치고 싶었지만 이렇게 친절한 사람의 마음을 상하게 하고 싶지 않았고, 대신 손가락으로 귀를 가리키며 이해하지 못한다는 뜻을 그녀에게 알렸다. 그러자 그녀는 내가 청력이 약한 사람인 줄 알고, 조금 전보다 두 배 더 큰 목소리로 소리를 지르며 다시 설명을 시작했다.

나는 가까스로 기회를 잡아 그녀를 벗어났고, 처음 마주친 층계를 올라간 다음 처음 마주친 문에서 초인종을 눌렀다. 나는 집 안으로 들어섰다. 나를 안내한 남자는 내게 러시아어로 질문했다. 나는 그에게 프랑스어로 대답했다. 그는 나를 한참 동안 쳐다보더니, 이어서 몸을 뒤로 돌리고는 사라져 버렸다. 나는 혼자 남았다. 나는 주위의 수많은 물건들을 둘러보았다.

벽의 옷걸이에는 망토와 챙 달린 모자들이 걸려 있었고, 벽장 위에는 신발 한 켤레가, 작고 납작한 가방 위에는 찻잔 하나가 놓여 있었다. 집의 안쪽에서 아이의 울음소리, 이어서 웃음소리, 다음에는 축음기 소리, 그러고는 문이 다시 닫혔다가 열리는 소리가 들렸다. 그러는 동안 나는 지인(知人)이라곤 아무도 없는 집에서 마치 도둑처럼 계속 혼자 있었다. 마침내, 그 남자가 다시 나타났다. 그의 옆으로 앞치마를 두른 한 주부가 따라왔는데, 그녀는 앞치마로 비눗물이 가득 묻은 손을 닦고 있었다. 그녀가 내게 영어로 질문했다. 나는 프랑스어로 대답했다. 그들은 모두 실망한 듯 보였고, 다시 층계참으로 사라졌다. 내게 소곤거리는 소리가 들려왔고, 그 소리는 차츰 커졌다.

이따금씩 낯선 사람들이 문을 조금 열고 당혹스런 시선으로 나를 유심히 쳐다보았다. 확실히 어떤 결정이 내려진 듯 보였고, 그 때문에 집 전체가 소란스러워졌다. 누군가를 부르는 소리, 뛰어다니는 소리가 들린 끝에 문이 활짝 열렸다. 세 번째 인물이 등장한 것이고, 그 뒤로 합창대원들처럼 모여 있던 사람들은 분명 이 인물에게 커다란 기대를 걸고 있는 듯했다. 이 세 번째 인물은 앞으로 나서서 덴마크어로 자신을 소개한 다음 내게 말을 걸었다. 우리는 모두 실망했다.

그런데 모두가 실망을 하는 가운데서도, 특히 나는 몰래 들어오기 위해 내가 들인 그 모든 노력을 떠올렸다. 우리, 곧 세 입자들과 내가 침울한 기분으로 서로를 바라보고 있는데, 이

때 누군가가 네 번째 언어의 전문가인 마드무아젤 그자비에
바로 그 사람을 내게 데려왔다. 여위고, 등이 굽고, 얼굴에 주
름살들이 지고, 밝게 빛나는 눈을 가진 그녀는 늙은 카라보
스 요정[2] 같은 모습을 하고 있었는데, 내 방문의 이유를 전혀
이해하지 못하면서도 내게 자신의 집으로 따라오라고 공손히
말했다.

내가 도움을 받게 된 사실에 기뻐한 이 친절한 사람들도 모
두 뿔뿔이 흩어졌다.

나는 지금 마드무아젤 그자비에의 집에 있고, 조금 감동을
느낀다. 모스크바에는 그녀 같은 60-70세의 프랑스 여인들
이 300명 있고, 그녀들은 400만 인구의 도시에서 생쥐들처
럼 행방을 알 수 없게 된 이들이다. 구체제 때 아이나 여학생
들의 가정교사를 하던 그녀들은 혁명을 경험했다. 기묘한 시
대였다. 구(舊)세계가 사원처럼 그녀들 위로 무너지고, 혁명으
로 인해 부유한 사람들이 완전히 파멸하고, 가난한 사람들이
폭풍우에 휩쓸린 장난감처럼 각지로 흩어졌는데도 불구하고,
이 300명의 프랑스 가정교사들은 혁명으로부터 영향을 받지
않았다. 그녀들은 그만큼 눈에 띄지 않는 존재들이었고, 그만
큼 내성적이었고, 그만큼 올바른 태도를 지니고 있었다! 자신
들이 가르치던 어여쁜 소녀들의 그림자에 가려 있던 그녀들은
다른 사람들의 눈에 띄지 않는 법을 매우 오랜 시간에 걸쳐

2. fée Carabosse. 프랑스 민간 전설과 동화들에 등장하는 요정. 악녀의 성
격을 지닌 데다 추하게 생겼고 곱추이다.

습득하게 된 것이다! 그녀들은 그 소녀들에게 프랑스어의 부드러움을 가르쳤고, 곧 그 아름다운 여학생들은 세상에서 가장 부드러운 언어로 군대에 있는 멋진 약혼자들을 사로잡을 수 있었다. 이 나이 든 가정교사들은 사랑을 위해 스스로 그 언어를 사용해 본 일이 결코 없었기 때문에, 그 언어의 스타일과 철자에 어떤 비밀스런 능력이 숨어 있는지는 이해할 수 없었다. 그녀들은 숙녀가 사회에서 지켜야 할 태도와 함께, 음악과 춤도 가르쳤다. 이런 비밀스런 능력들이 그녀들 내면에서 올바르지만 매우 어색하고 뻣뻣한 태도를 조장했다면, 그 여학생들 내면에서는 생기발랄하고 우아한 그 무엇으로 나타났다. 그래서 이 나이 든 가정교사들은 덕과 규율과 모범적인 교육의 화신인 듯, 검은색 옷을 입고, 엄격하고 신중한 태도를 취하고, 모임의 자리에 있으면서도 눈에 띄지 않는 생활을 하면서 늙어 갔다. 또한 아름답게 피어오르던 그 꽃들을 쳐낸 혁명도, 적어도 모스크바에서는, 이들에게 전혀 아무런 영향도 미치지 않은 채 지나갔다.

마드무아젤 그자비에는 72세이고, 지금 울고 있다. 지난 30년 동안 그녀의 집에 발을 들인 프랑스인은 내가 처음인 것이다. 마드무아젤 그자비에는 스무 번을 반복해서 말한다. "제가 알았더라면… 제가 알았더라면… 아주 깨끗이 방을 정돈해 놓았을 거예요." 나는 열려 있는 문을 바라보고는, 이 집에 같이 살고 있으며 우리의 비밀스런 대화에 관해 만나는 사람들마다 떠들어 댈 이곳 이방인들을 생각해 본다. 나는 여전히 매우 낭만적인 기분에 젖어 있다. 마드무아젤 그자비에는 자신의 의중을 밝힌다.

그녀는 자부심을 갖고서 내게 털어놓는다. "문은 제가 일부러 열어 두었어요. 저는 지금 이렇게나 아름다운 방문을 받고 있는 중이잖아요! 이웃들은 모두 이 일에 질투심을 느낄 거예요."

그러고는 그녀는 찬장 문을 큰 소리가 나게, 그리고 유리잔들이 흔들릴 만큼 세게 연다. 그리고 마데이라[3] 산 포도주 병과 건과들을 탁자 위에 거친 동작으로 내려놓는다. 그녀는 유리잔들이 서로 부딪히게끔 하며 운반한다. 그녀는 이 유리잔들도 매우 세찬 기운으로 내려놓는다. 사람들이 이 요란한 파티의 소음을 들어야 하는 것이다.

나는 지금 그녀의 이야기를 듣고 있다. 나는 그녀의 의견은 어떨까 궁금해서 혁명에 관해 물어보았다. 생쥐 같은 그녀에게 혁명은 어떤 의미였을까? 또한 자기 주위의 모든 것이 갑자기 붕괴되는 상황에서 어떻게 살아남을 수 있었을까?

나의 여주인은 털어놓는다. "혁명, 혁명, 참으로 지겨웠죠."

마드무아젤 그자비에는 한 요리사의 딸에게 프랑스어 레슨을 하는 대가로 식사를 대접 받으며 생계를 이어가고 있었다… 그녀는 매일 모스크바를 한편에서 반대편까지 가로질러 다녔다. 그녀는 용돈을 조금 벌기 위해, 노인들이 그녀에게 싼

---

3. Madère, 포르투갈의 군도로 이곳에서 생산한 술은 유럽에서 좋은 술로 평가받고 있다.

값에 처분해 달라고 부탁한 조그만 장신구들을 그렇게 걸어 다니면서 팔아 이익을 남겼다. 그 장신구들이란 립스틱, 장갑, 오페라 감상용 쌍안경 등이었다.

마드무아젤 그자비에는 내게 솔직하게 말한다. "그건 당국에서 허용하지 않은 일이었어요. 일종의 불법적인 방식으로 이익을 남기는 일이었죠."

그리고 그녀는 내게 내전이 시작된 그 가장 슬픈 날에 대해 얘기한다. 그날 아침, 그녀는 넥타이를 부탁받았다. 그런 날에, 넥타이라니! 하지만 마드무아젤 그자비에의 눈에는 군인도, 기관총도, 사망자도 보이지 않았다. 그녀가 넥타이를 팔아 한 푼이라도 더 버는 일에 너무 몰두해 있었기 때문이다. 그녀는 그 넥타이들이 거리에서 아주 큰 인기를 끌었다고 말했다.

불쌍하고 늙은 가정교사! 사랑의 모험이 그녀를 거부한 것처럼, 사회의 모험도 그녀를 거부한 것이다. 그 모험들은 그녀에게서 바라는 바가 아무것도 없었다. 이와 같은 일은 해적질이 일어난 배에서도 발생한다. 아마 거기서도 해적들의 옷을 깁는 일에 너무 몰두한 나머지 배에서 무슨 일이 발생하는지 전혀 알지 못하는 유순한 노인네들이 있을 것이다.

그럼에도 불구하고 어느 날 그녀는 불시 소탕 과정에서 체포당해, 2, 3백 명의 용의자들과 함께 어느 어두운 통로에 갇혔다. 무장한 군인들이 용의자들을 한 사람씩 심문실로 데려가면, 이곳에서 사형시킬 사람과 그러지 않을 사람을 구분하였다.

그녀가 내게 말한다. "수감되었던 사람들 중 반이 심문을 받은 다음 지하실로 끌려갔죠."

아! 그날 밤도, 그녀에게는 모험이 매우 행복한 양상을 띤 그 무엇이었다. 자신이 있던 곳 아래의 어두운 지하 창고에서 사람들이 영원을 향해 깊숙이 나아가던 순간에, 판자 침대에 누워 있던 마드무아젤 그자비에는 저녁으로 얇은 빵 한 조각과 프랄린[4] 세 알을 받았다. 한 사람 앞에 프랄린 세 알을 주었다는 것은 아마도 당시의 러시아 국민들이 매우 가난했다는 사실을 설명해 주는 강력한 증거일 것이다. 그 세 알의 프랄린 때문에 지금 내게는 마호가니 나무를 재료로 썼다는 피아노, 마드무아젤 그자비에의 친구가 당시 3프랑을 받고 팔았다는 독주회용의 그랜드피아노가 떠오른다. 그럼에도 불구하고 그 프랄린들이 마드무아젤 그자비에의 손에 놓여 있는 모습을 생각하면 장난기 어린 유아적 취향이 상기된다.

그 사회의 모험이 일어나는 과정에서, 마드무아젤 그자비에는 아주 어린 아이처럼 취급당했다. 그러는 동안에도 그녀는 심각한 근심거리 때문에 애가 탔다. 검거되던 순간에 샀던 이 보송보송한 침대 커버를 누구에게 맡기지? 그녀는 그 침대 커버에 기대어 잠을 잤고, 그녀의 심문 차례가 되어 누군가가 그녀를 깨웠을 때, 그녀는 그 침대 커버와 떨어지고 싶지 않았다. 그래서 그녀는 작은 체구에 커다란 침대 커버를 꼭 껴안은

---

4. praline, 아몬드에 끓인 설탕을 발라 만든 사탕의 한 종류.

채로 심문관들 앞에 섰다. 심문관들도 그녀를 너무 심각하게 취급하지 않았다. 하지만 마드무아젤 그자비에는 이 심문을 떠올리면 굴욕감을 느낀다. 몇 명의 남자들이 군인들에게 둘러싸인 채 커다란 식탁에 자리를 잡고 있었다. 그중 최고 책임자가 밤을 새우는 게 지겹다는 태도를 보이며 그녀의 서류를 검토했다. 그런데 그 남자, 그의 판단에 따라 생사의 길이 돌이킬 수 없이 갈리던 그 남자가 귀를 긁으며 부끄럽다는 태도로 그녀에게 다음과 같이 물었다.

"마드무아젤, 제게 스무 살 난 딸이 하나 있습니다. 당신께서 그 애에게 레슨을 해 주실 수 있는지요?"

그런데 가슴으로 침대 커버를 꼭 껴안고 있던 마드무아젤 그자비에는 압도적인 위엄이 어린 태도를 지으며 그에게 대답했다.

"당신네들이 저를 체포했죠. 그러니 제게 판결을 내리시죠. 만약 제가 살아 있게 된다면, 내일 당신의 딸에 대한 얘기를 나누죠."

그리고 그녀는 오늘 저녁에 눈빛을 빛내며 다음처럼 덧붙였다.

"그들은 감히 더 이상 저를 쳐다볼 생각을 못했죠. 그만큼 그들은 모두 부끄러움을 느낀 거죠."

나는 이 경탄할 만한 착각을 존중한다. 그런 다음 나는 생각한다. 인간은, 이 세계로부터, 자신의 내면에서 이미 갖고 있는 것만을 본다. 고통과 정면으로 대면하고 그것이 의미하는 바를 받아들이기 위해서는 어떤 종류의 커다란 마음가짐이 필요하다.

한 친구의 아내가 내게 들려줬던 얘기가 떠오른다. 그녀는 세바스토폴[5]이나 오데사[6]에서(아마도 세바스토폴이었을 것이다) 공산당들이 들이닥치기 전에 마지막으로 출항했던 그 하얀 배에 승선하여 피난길에 오를 수 있었다.

그 작은 배는 선체가 갈라질 만큼 만원이었다. 이 상태에서 승객이나 짐을 조금이라도 더 실으면 배는 뒤집힐 것 같았지만, 배와 항구와의 간격은 이미 천천히 벌어지고 있었다. 두 세계의 단절은 여전히 충분한 것은 아니었더라도, 이미 되돌릴 수 없는 지점에 이르렀다. 그 젊은 여인은 배의 뒤편에서 군중 틈에 끼어 바라보았다. 내전에서 패배한 코사크 기병들이 이틀 전부터 산에서 항구 쪽으로 이동을 하고 있었는데, 산을 내려오는 그들의 수효는 끊이지 않을 만큼 많았다. 그런데 배는 더 이상 없었다. 항구에 도착한 그들은 지상으로 뛰어내려 말의 목을 따서 그 숨을 끊어 놓고 군복 상의와 무기를 버린 다음, 아직은 매우 가까이에 있는 그 작은 배에 승선하여 구원을 받고자 바다로 뛰어들어 헤엄을 쳤다. 하지만 배의 뒤편에는 카빈총으로 무장한 채 그들이 배에 오르는 걸 막아야 할 임무를 부여받은 남자들이 있었다. 이들이 사격할 때마다

---

5. Sébastopol, 우크라이나 최남단에 있는 항구 도시로 흑해와 면해 있다.
6. Odessa, 역시 흑해와 면해 있는 우크라이나의 항구 도시로 세바스토폴보다 서쪽에 위치해 있다.

바닷물 표면에는 빨간색 별들이 생겨났다. 항구는 곧 그 별들로 뒤덮였다. 그러나 헛된 꿈을 좇는 코사크 기병들은 지치지도 않고 항구에 계속 나타났고, 앞선 군인들과 마찬가지로 말에서 뛰어내린 다음 그 짐승의 목을 따고는 헤엄을 쳤지만, 그들의 자리에서는 빨간색 표식이 다시 피어오를 뿐이었다….

그날 저녁 마드무아젤 그자비에는 자신과 처지가 비슷한 열 명의 프랑스 할머니들을, 그 열 사람의 집 중에서 가장 아름다운 집에 모이도록 했다. 그 집은 작지만 매력적인 곳이었는데, 집주인이 손수 집 전체를 페인트칠 했다. 포르투[7]와 포도주와 리쾨르[8] 들은 내가 샀다. 우리는 모두 조금 취한 상태고, 이어서 옛 샹송들을 부른다. 그녀들은 유년 시대가 떠올라 눈물을 흘리고, 또한 그녀들의 20살 때의 감상이 가슴에까지 다시 올라온다. 실제로, 이제 그녀들은 나를 "자기"라고 부른다. 나는 나를 껴안는 할머니들 사이에서 영광과 보드카에 취해 있고, 매력적인 왕자와 비슷한 어떤 존재다!

매우 중요한 인물이 등장한다. 나의 라이벌이다. 그는 매일 저녁 이곳에 들러 차를 마시고, 프랑스어로 얘기하고, 프티-푸르[9]를 먹는다. 그런데 오늘 저녁에 그는 근엄하고 성난 태도를 보이며 테이블 끝에 앉아 있다.

---

7. porto, 포르투갈의 도루(Douro) 강 연안에서 생산하는 유명한 리쾨르. 포르투(Porto)는 도루 강 하류에 자리한 도시 이름이기도 하다.
8. 독립적인 발효 과정을 거치지 않은 채 알코올이나 브랜디에 당분을 넣고 방향성 식물로 향을 가미한 술.
9. petit-four, 한 입에 먹을 수 있게 만든 부드러운 맛의 프랑스 과자.

그러자 나의 할머니들은 그가 얼마나 멋진 사람인지 내게 설명하려 한다.

그녀들이 내게 말한다. "러시아 사람이에요. 그가 무슨 일을 했는지 아세요?"

나는 모른다. 나는 생각해 본다. 그는 차츰 겸손한 태도를 취한다. 겸손하고도 온후한 영주의 태도. 그런데 그녀들이 그를 둘러싸서는 재촉한다.

"당신이 1906년에 무슨 일을 했는지 우리의 프랑스인 친구에게 얘기해 주세요."

그는 손가락으로 시곗줄을 능숙하게 만지작거린다. 그는 이 마드무아젤들을 맥 빠지게 만들고 있다. 마침내 그는 양보를 하여 내게로 몸을 돌리며 별것 아니라는 듯 시계를 내려놓지만, 다음의 말을 또박또박 내뱉는다.

"저는 1906년에 모나코에서 러시안룰렛을 했습니다."

그러자 할머니들은 박수를 치며 승리의 함성을 지른다.

오전 1시 무렵, 나는 되돌아가야 한다. 그녀들은 매우 들뜬 기분으로 나를 택시 타는 곳까지 배웅한다. 내 양편에서 할머니들이 팔짱을 끼고 있고, 한 할머니는 비틀거리며 걷는다. 오늘은 바로 내가 가정교사다.

그리고 마드무아젤 그자비에는 내 귀에 대고 속삭인다.

"내년에는 제가 아파트를 가질 차례예요, 그러니 저희 집에서 우리 모두 다시 만나요. 그 집이 얼마나 예쁜지 보시게 될 거예요. 저는 이미 가구와 장식품들에 씌울 천들을 수놓고 있어요."

마드무아젤 그자비에는 내 귀에 더 가까이 대고 말한다.

"당신은 다른 사람들보다 먼저 저를 보러 오셔야 해요. 제가 당신과 만나는 첫 사람이 되어야 해요, 그렇지 않나요?"

마드무아젤 그자비에는 내년이면 일흔세 살밖에 되지 않을 것이다. 그녀는 자신의 아파트를 갖게 될 것이다. 그녀는 새 삶을 시작할 수 있을 것이다….

피로 물든 스페인
(1936)

바르셀로나, 내전의 보이지 않는 전선

나는 리옹을 지나 피레네 산맥과 스페인을 향해 좌측으로 비스듬히 비행했다. 지금 나는 천창(天窓) 비슷한 커다란 구멍이 나 있는 매우 정갈한 구름들, 곧 여름의 구름들, 혹은 아마추어 비행사를 위한 구름들 위를 비행하고 있다. 그래서 내게는 그 구멍들 안으로 우물 바닥의 페르피냥[1]이 보인다.

비행기에는 나 혼자뿐이고, 나는 몽상에 잠기고, 이어서 페르피냥을 향해 몸을 숙인다. 나는 저곳에서 몇 달간 생활한 적 있다. 당시 나는 생-로랑-드-라-살랑크[2]에서 수상비행기들을 시운전하고 있었다. 하루 일과가 끝나면, 나는 언제나 휴일 같은 분위기를 띠고 있는 저 작은 도시의 시내로 돌아

---

1. Perpignan, 피레네 산맥의 동쪽 끝과 지중해가 만나는 지점 근방에 위치한 프랑스의 도시.
2. Saint-Laurent-De-La-Salanque, 피레네 산맥 동쪽 끝 근방에 있는 프랑스의 면(面) 소재지.

오고는 하였다. 그곳에는 커다란 광장, 뮤직 카페, 저녁에 어울리는 포르투가 있었다. 나는 버드나무로 만든 푹신한 의자에 앉아 지방의 삶을 지켜보고는 하였다. 내게 그 삶은 납으로 만든 인형 군인들을 지켜볼 때처럼 순수한 재미를 느끼게 했다. 예의 바르게 화장을 한 소녀들, 한가하게 거리를 거니는 행인들, 푸른 하늘….

이제 피레네 산맥이다. 나는 내 뒤로 마지막 행복의 도시를 남겨 놓고서는 앞으로 나아간다.

이제 스페인과 피게라스[3]이다. 이곳에서는 사람들이 서로를 죽인다. 아! 우리에게 가장 큰 충격을 주는 것은 화재와 폐허와 인간 절망의 상징들을 발견하는 데 있는 것이 아니라, 인간다운 어떤 것도 발견하지 못하는 데 있다. 이 도시의 겉모습은 다른 도시와 비슷하다. 나는 주의를 기울이며 몸을 숙인다. 저 낮게 솟아 오른 하얀 자갈 더미에서는 전혀 아무런 징후도 찾아볼 수 없다. 내가 불에 탄 것으로 알고 있는 교회는 햇빛에 빛나고 있다. 그 모습에서 회복 불가능할 정도의 상처는 보이지 않는다. 교회 건물의 금박들을 사라지게 한 동시에 목재로 만든 문·창문·가구와 기도용 책과 성물(聖物)들을 창공으로 사라지게 한 회색 연기는 이미 샅샅이 흩어지고 없다. 도로나 철로는 하나도 손상되지 않았다. 그렇다, 자신이 짠 그물 한가운데 버티고 있는 곤충처럼, 방사상의 도로들 중

---

3. Figueras, 스페인 동북부 카탈로니아 지방에서 프랑스 국경 가까운 곳에 자리한 도시.

심에 버티고 있는 이 도시는 겉모습이 다른 도시와 비슷하다. 다른 도시들처럼, 이 도시도 흰색 도로들을 통해 운송하는 평원의 곡식과 열매들로 살아간다. 나도 이 도시에 대해 가족들이 느긋하게 식사하는 모습 이외에는 다른 모습을 상상할 수 없는데, 그러한 식사를 위해서 이곳 사람들은 수세기에 걸쳐 땅을 개척하고, 숲을 개간하고, 논과 밭을 나누고, 곡식과 과일을 운반할 도로를 확장했다. 이런 식으로 생겨난 땅의 얼굴은 앞으로도 거의 변하지 않을 것이다. 그것은 이미 오래된 모습이다. 또한 나는, 이 도시와 비슷하게, 꿀을 저장하는 구조물이 일단 완성되면, 거기서 서식하는 벌떼는 주위에 다른 꽃들이 만발해 있더라도 평화를 경험할 수 있을 거라고 생각해 본다. 하지만 인간의 서식지에는 결코 평화가 깃드는 법이 없다.

그럼에도 불구하고, 비극이 발생하는 곳을 알아야 하기 때문에 그곳을 찾아야 한다. 실제로, 비극은 대체로 눈에 보이는 세계가 아니라, 인간들의 의식에서 전개된다. 행복의 도시 페르피냥에서도, 병실 창가의 침대에 누워 있는 암환자는 잔혹한 솔개의 부리를 피하듯 고통을 피하기 위해 몸을 이리저리 뒤척이지만, 소용없다. 그리고 이런 사실 때문에 이 도시의 평화도 다른 성격을 갖게 된다. 모든 고통이나 열정이 다른 곳으로 전파되고 보편적 중요성을 갖게 된다는 것이 바로 인류의 기적적인 모습이다.

자신의 다락방에서만 지내는 남자가 있다 하더라도, 상당히 강렬한 열의를 전파할 수 있다면, 자신의 다락방에서 세상으로 불을 전달한다.

마침내 게론[4]에 이르고, 이어서 바르셀로나가 나타난다. 나는 비행 고도를 천천히 낮추기 시작한다. 나는 여기서도 인적 없는 거리 이외에는 아무 특징을 찾아볼 수 없다. 황폐하게 파괴된 교회들은 여전히 내게는 아무런 손상도 입지 않은 건물들로 보인다. 어디선가 가까스로 연기가 피어오르는 모습이 보인다. 저것이 내가 찾고 있던 상징의 하나일까? 도시에는 피해도 거의 입히지 않고 요란한 소음도 거의 발생시키지 않았지만, 그럼에도 불구하고 모든 것을 휩쓸고 지나갔을 그 분노의 증거일까? 실제로, 문명은 그 전체가 한 번의 입김만으로도 날아가 버릴 얇은 금박 안에서 지탱되고 있다.

그리고 다음과 같이 말하는 사람들은 진심으로 말하는 것이다. "바르셀로나의 어디에 테러가 있는가? 불에 탄 스무 채가량의 건물을 제외하고, 재로 변했다는 그 도시는 어디에 있는가? 120만 명의 인구 중에서 사망한 수백 명을 제외하고, 학살의 현장은 어디에 있는가? … 사람들이 그 위로 서로를 향해 총을 쏜다는 피의 경계벽은 어디에 있는가? …."

그리고 실제로 나는 람블라[5]를 평화로이 오가는 사람들을 볼 수 있었고, 그리고 무장한 민병대원들이 경계를 서는 방책

---

4. Gérone, 바르셀로나의 동북부에 위치한 도시.
5. Rambla, 바르셀로나를 거의 정확히 양분하고 있는 긴 거리이자 바르셀로나의 중심가.

들과 이따금씩 맞닥뜨리긴 했지만, 대개는 그들에게 미소를
지어 보이는 것만으로도 그 방책들을 통과할 수 있었다. 내
가 곧바로 전선을 발견할 수 있었던 건 결코 아니다. 내전에
서 전선은 눈에 보이지 않고, 대신 인간의 마음속을 지나고 있
다….

그럼에도 불구하고, 나는 첫날부터 그 전선과 마주칠 수 있
었다….

나는 한 카페의 테라스에서 아주 즐거운 기분으로 술을 마
시고 있는 사람들 사이에 앉아 있었는데, 이때 무장한 네 명의
남자들이 우리 바로 앞에 갑자기 멈추어 선 다음, 내 옆에 앉
아 있던 남자의 얼굴을 뚫어지게 바라보다 한 마디 말도 없이
그의 복부를 향해 총신을 겨누었다. 그러자 그 남자는 갑자
기 땀이 줄줄 흐르는 얼굴로 우뚝 일어선 후, 두 팔, 납처럼 무
거워진 두 팔을 천천히 들어올렸다. 그의 몸을 샅샅이 수색한
민병대 일원은 몇 개의 증명서들을 눈으로 빠르게 훑어보고
는, 그에게 밖으로 나가라는 신호를 보냈다. 그래서 그 남자
는 술이 반쯤 남아 있던 유리잔, 곧 그의 생애의 마지막 술잔
을 남겨 놓고 걸음을 옮기기 시작했다. 그리고 그가 머리 위
로 올린 두 손은 마치 익사하는 사람의 그것처럼 보였다. 내
뒤에서 한 여인이 입 속으로 "파시스트"라고 중얼거렸는데,
이 여인이 자신이 목격한 무언가를 감히 입 밖에 낸 유일한 증
인이었다. 우연에 대한, 관용에 대한, 삶에 대한 과분하게 넘
치는 신뢰의 증거인 그 남자의 술잔은 그 자리에 그대로 있었

다….

　나는 그가 카빈총들에 허리를 둘러싸인 채 멀어지는 모습을 바라보았다. 보이지 않던 전선은 5분 전까지 내게서 두 걸음 밖에 떨어져 있지 않던 그의 마음속을 지나고 있었다.

바르셀로나 아나키스트들의 풍속과 거리 풍경

한 친구가 방금 내게 자신이 겪은 일화를 얘기했다. 어젯밤에 그는 인적과 차가 없는 거리를 한가로이 거닐고 있었는데, 이때 한 민병대원이 그에게 외친다.

"차도로 걸으시오."

그런데 다른 데 정신을 팔고 있던 내 친구는 그 말을 따르지 않는다. 그러자 그 민병대원은 어깨에 총을 대고 방아쇠를 당기고, 총알은 빗나간다. 그러나 그의 모자에 구멍이 하나 뚫려 있다. 그리고 군인의 명령을 따르기를 재차 요구받은 내 친구는 인도를 떠나 차도로 걷는다….

그 민병대원은 막 두 번째 총알을 발사하려 하지만 망설이고, 이어서 소총을 내려놓으며 성난 목소리로 외친다.

"당신 귀먹었소?"

그런데 내게는 이 비난조의 말투가 여기서는 대단히 존경해야 할 것으로 보인다….

실제로, 아나키스트인 그들이 이 도시를 지키고 있다. 그들은 대여섯이 그룹을 이뤄 거리 구석에서 경계를 서거나 호텔 앞에서 보초를 서고, 또 도시를 매우 빠른 속도로 가로질러 다니며 징집당한 '스페인인들'을 덮친다.

무장 봉기가 일어난 첫날 아침부터, 그들은 단독으로 기관총 사수들의 엄호를 받는 포병대원들에게 단검을 차게끔 했다. 그들은 포들을 고지대로 옮겼다. 그들은 전투에서 한 번 승리를 거두자 도시의 병영들에 있던 무기고와 탄약 물량들을 접수했고, 이어서 매우 자연스럽게 도시를 작은 요새로 탈바꿈시켰다. 그들은 물, 가스, 전기, 교통수단들을 점유하고 있다. 그리고 나는 아침 산책을 할 때마다, 완벽하게 바리케이드를 만드는 작업에 열중하고 있는 그들을 보곤 한다. 포석들을 끌어다가 만든 허름한 벽들이 방책의 모범이라 할 이중 바리케이드로 변한다. 나는 그 벽 너머로 시선을 던진다. 그들이 거기에 있다. 그들은 도로변의 집을 비운 다음, 그곳에서 운영위원회를 상징하는 빨간색 소파에 몸을 파묻고 내전을 준비하고 있다…. 내가 머물고 있는 호텔의 아나키스트들도 모두 바쁘다. 그들은 급히 계단을 오른 다음, 역시 매우 빠른 속도로 계단을 내려온다. 나는 질문한다.

"무슨 일이 일어나고 있죠?"

"우리는 지리적 전략을 짜고 있습니다…."

"무슨 일 때문이죠?"

"지붕에 기관총 한 대를 설치하려 하는데…."

"무슨 일 때문이죠?"

그들은 어깨를 으쓱한다.

오늘 아침에 도시에 소문이 하나 나돌았다. 그 소문에 따르면, 정부가 아나키스트들의 무장해제를 시도할 것이라고 한다….

나는 스페인 정부가 그 작전을 포기할 것이라고 생각한다.

어제 나는 우리의 주둔군 — 각 호텔마다 주둔군이 머무르고 있다 — 사진을 몇 장 찍었고, 지금 키 큰 갈색머리의 소년에게 사진을 전해 주기 위해 그를 찾고 있다.

"제게 그의 사진이 있는데, 그는 어디에 있죠?"

그들은 나를 쳐다보더니 이마를 긁고는, 이어서 할 수 없다는 듯 내게 진지하게 말한다.

"저희는 그를 총살할 수밖에 없었습니다… 그가 한 남자를 파시스트로 신고했고… 그래서 우리가 그 파시스트를 총살했는데… 오늘 아침, 그가 파시스트가 아니라 우리의 경쟁 그룹 멤버라는 사실을 알게 됐습니다…."

그들은 정의(正義)에 대한 판단력을 지니고 있다.

오전 1시, 람블라 거리에서 누군가가 내게 "정지!"라고 외친다. 어둠 속에서 카빈총들의 모습이 보인다.

"여기서 더 이상 나아갈 수 없습니다."

"무슨 일 때문이죠?"

그들은 나의 신분증을 가로등 불빛에 자세히 조사한 다음 되돌려준다.

"당신은 통과할 수 있습니다. 그러나 조심하세요. 여기서 누군가가 당신을 쏠 수도 있습니다…."

"무슨 일이 일어나고 있죠?"

그들은 대답하지 않는다.

대포를 실은 차량들이 포석을 깐 도로 위를 천천히 지나간다.

"저것들은 어디로 가는 길입니까?"

"전선으로 떠나기 위해 기차에 오를 대열입니다."

나는 저들이 한밤중에 기차에 오르는 모습을 보고 싶다. 나는 아나키스트들을 설득해 보려고 시도한다.

"역은 멀고 비가 오고 있어요. 제게 차를 빌려 주실 수 있다면…."

누군가의 지시에 따라, 그들 중 한 명이 멀리 사라진다. 그는 마을에서 징발한 들라주[1]를 운전하며 되돌아온다.

"저희가 차로 당신을 바래다주겠습니다…."

그래서 나는 3정의 카빈총이 호위를 해 주는 가운데 역을 향해 천천히 나아간다.

이들은 내게 호기심을 불러일으킨다. 나는 여전히 이들을 이해하지 못하고 있다. 내일 나는 이들이 무슨 일을 벌이는지 말하도록 만들어 볼 것이고, 이들의 위대한 지도자인 가르시아 올리비에[2]를 보러 갈 생각이다.

---

1. Delage, 자동차 상표명. 또한 들라주(Louis Delage, 1874-1947)는 프랑스 자동차 산업의 개척자 이름이기도 하다.
2. Garcia Olivier, 1936년부터 스페인 내 아나키스트들이 구성한 '정부'의 법무 책임을 맡았다.

내전은 결코 전쟁이 아니라, 병(病)이다

아나키스트 안내인들이 나와 동행했다. 이제 그 부대들이 도착한다는 역이다. 우리는 헤어지는 사람들이 서로 애정의 인사를 나눌 수 있게끔 만든 승강장들에서 멀리 떨어진 곳, 선로들이 변경되고 신호등들이 서 있는 인적 없는 저곳에서 부대와 만나야 한다. 더구나 빗속에서 우리는 회차 노선들이 미로처럼 얽힌 곳을 비틀거리며 걷고 있다. 우리는 매우 오랜 기간 운행을 하지 않은 어두운 객차들이 열지어 서 있는 곳을 따라 걷는데, 그 객차들 내부에는 잿빛의 두꺼운 포장천막들이 고철 형태의 물품들을 덮고 있다. 나는 인간적 자취라곤 하나도 없는 이런 풍경에 충격을 받는다. 철(鐵)이 이런 모습으로 남아 있는 곳에서는 사람이 머무를 수 없다. 만일 사람이 붓과 물감으로 계속 인공 빛깔을 입힌다면, 배는 사람이 이용할 수 있게끔 보인다. 그러나 배든, 공장이든, 철로든 2주 동안 사용하지 않고 버려둔다면, 빛깔을 잃고 죽음의 외관을

떤다. 사원의 돌들은 인간의 왕래 때문에 6천 년이 지나도 여전히 생생하게 살아 있는 빛을 띠지만, 철 구조물에 녹이 조금 생기든가 비가 오는 밤이면, 그 모습은 변화한다. 이 역의 풍경도 내게는 완전히 황폐해 보인다.

이제 내가 찾던 사람들이다. 그들은 플랫폼에 대포와 기관총들을 올려놓고 있다. 그들은 낮은 목소리로 "영차!" 하며 허리로 그 괴물 같은 곤충, 살이 없는 곤충, 철갑과 추골의 덩어리들과 싸우고 있다.

나는 이곳의 침묵 때문에도 놀라움을 느낀다. 노래 소리 한마디, 무언가를 외치는 소리 한 마디 들리지 않는다. 아주 간헐적으로 포대의 구조물 중 하나가 쓰러질 때 철판이 울리는 소리가 가까스로 들릴 뿐이다. 인간적인 소리는 전혀 들리지 않는다.

군복을 입고 있는 사람도 전혀 보이지 않는다. 이들은 작업복 차림새로 전사할 것이다. 진흙을 뒤집어쓴 검은 옷들이 무거워 보였다. 고철들 주위에서 열을 지어 바쁘게 움직이는 이들은 노숙자 시설의 피보호인들 같아 보인다.

그리고 나는 10년 전에 다카르에서 황열병이 우리를 덮쳤을 때 강렬하게 경험했던 거북스런 고통을 다시 경험한다….

내게 매우 낮은 소리로 말하던 파견부대장이 다음과 같은 말로 끝맺는다.

"이어서 우리는 사라고사[1]를 향해 올라갑니다…."

그는 왜 이렇게 낮은 목소리로 말하는 것일까? 이곳에서는 병원의 그것과 비슷한 분위기가 감돈다. 그래, 나는 이 사실을 명확히 느꼈다…. 내전은 결코 전쟁이 아니라, 병이다….

이 사람들은 정복 행위에 취해 진격하는 것이 아니라, 전염병과 싸우기 위해 조용히 전투를 벌이고 있다. 맞은편 진영에서도 상황은 확실히 마찬가지다. 이 전투에서 문제가 되는 건 영토 밖으로 적을 몰아내는 것이 결코 아니라, 어떤 병을 극복하는 것이다. 새로운 사상은 흑사병과 비슷하다. 그것은 내면을 공격한다. 그것은 눈에 보이지 않게 전파된다. 그리고 어떤 당에 소속되어 있는 사람들은, 거리로 나섰을 때, 자신들이 알아볼 수 없는 흑사병 환자들에게 둘러싸인 것처럼 느낀다.

바로 이런 이유 때문에, 이들은 마취제 역할을 할 무기를 갖고서 조용히 이동한다. 이들은 체스판이라 할 평원에 배치되어 전술에 따라 국가적 차원의 전쟁을 수행하는 그 연대들과는 닮은 점이 전혀 없다. 이들은 무질서한 도시에서 가까스로 서로 접촉했다. 거의 정확하게 말한다면, 바르셀로나건 사라고사건 서로 이질적인 집단들이 같은 도시 안에서 활동하고 있다. 공산주의자, 아나키스트, 파시스트… 그리고 한 집단에 소속되어 있는 사람들은, 개인적으로는 서로 간에, 아마 그들의 적들보다도 더 이질적일 것이다. 내전에서 적은 내부에 있고, 집단을 이룬 사람들은 자신의 집단에 대항해 전투를 벌인다고 말할 수 있다.

---

1. Saragosse, 바르셀로나에서 서쪽으로 약 320km 떨어진 도시.

그리고 이런 이유에서, 확실히, 이 내전이 그토록 무서운 형태를 띠는 것이다. 곧, 사람들은 전투를 벌이기보다 총살을 한다. 이곳에서, 죽음은 격리병동을 의미한다. 사람들은 병원균의 보균자들을 제거한다. 아나키스트들은 가택수색을 한 다음 병에 전염된 환자들을 짐마차에 싣는다. 그리고 방책의 건너편에서 프랑코는 다음과 같은 잔혹한 말을 공개적으로 발언한다. "이 나라에, 더 이상 공산주의자는 존재하지 않는다!" 사람들을 분류하는 과정은 징병심의회나 군의관이 징집자를 심의하는 것처럼 이루어졌다….

자신에게 사회적 사명이 있다고 생각한 한 남자는 신념을 품고 눈에 핏대를 세운 채 등장했다….

"삶을 위해 군복무를 없애기를!"

여기서는 시신을 석회나 석유를 뿌려 하수처리장에서 불태운다. 인간을 존중하는 태도는 전혀 없다. 각 당(黨)에서는 병을 추적하는 것처럼 인간 의식의 움직임들을 추적했다. 이런 상황에서 왜 그것들을 담고 있을 뿐인 살덩어리를 존중해야 할까? 또한 여기서는 패기 있는 젊은 영혼이 깃들었던 육체, 사랑할 줄 알고, 웃을 줄 알고, 스스로를 희생할 줄 알았던 그 육체를 땅에 묻어 줄 생각조차 하지 않는다.

나는 죽음을 존중하는 우리 국민의 태도를 생각해 본다. 소녀가 친지들이 보는 가운데서 조용히 눈을 감고, 친지들은 가치를 평가할 수 없는 보물인 것처럼 소녀의 마지막 미소와 말을 받아 주고 들어주는 하얀 벽의 요양소를 생각해 본다. 사실, 이러한 개인적 삶의 아름다운 마무리는 결코 반복될 수 없는 것이다. 그 밝은 미소, 그 목소리의 억양, 그 재치 있는 대답을 결코 다시는 들을 수 없다. 각 개인은 하나의 기적이다. 그리고 우리는 수십 년간 그 죽은 사람들에 대해 말한다….

그런데 이곳에서 인간은 단순히 벽에 등을 붙인 채 길바닥의 돌들 위로 창자들을 쏟아 낸다. 사람들이 그대를 붙잡았다. 그들은 그대를 총살했다. 그대가 그들처럼 생각하지 않았기 때문이다….

아! 밤에 비가 내리는 가운데 이 부대가 떠나는 모습이 이 전쟁의 진실에 상응하는 유일한 그 무엇이다. 이들은 나를 둘러서서 바라보고, 나는 이들의 눈에서 무언가 조금 슬픈 빛을 띤 진지함을 읽어 낸다. 이들은, 만일 자신들이 붙잡힌다면, 어떤 운명이 자신들을 기다리고 있는지 알고 있다. 그러자 나는 써늘한 기운을 느낀다. 그리고 나는 이 이동 과정에 단 한 명의 여자도 참여하지 않았다는 것을 갑자기 깨닫는다. 이 사실도 이해할 만하다. 아기를 낳았을 때 후에 어떤 진리의 이미지가 자식을 맹렬히 사로잡게 될지 모르는 어머니들, 자식이 20살이 됐을 때 어떤 당의 일원들이 자신들의 정의의 기준에 따라 그를 총살하게 될지 모르는 어머니들이 이런 곳과 어떤 관련을 맺을 수 있을까?

전쟁을 찾아서

나는 어제 레리다[1]에 착륙해, 전방으로 떠나기 전에 그곳으로부터 20km 떨어진 이곳에서 잠을 청했다. 전선과 가까운 이 도시가 내게는 바르셀로나보다 더 평화롭게 보였다. 차들은 조용히 왕래하고, 차창 너머로 총을 겨냥하는 일도 없다. 바르셀로나에서는 밤이건 낮이건 거의 모든 사람들이 언제나 방아쇠를 당길 준비를 하고 있다. 또한 총기들이 고슴도치의 가시처럼 위쪽을 향해 있는 차량들이 군중 사이로 끊임없이 돌아다니기 때문에, 도시 전체가 항상 일촉즉발의 위기 상태에 있다고 말할 수 있다. 그런데 이곳 주민들은 총구가 자신들의 가슴을 겨냥하고 있는데도 불구하고 더 이상 의식하지 않고 자신들의 일에 전념한다.

여기서는 아무도 리볼버를 쥔 팔을 앞뒤로 흔들며 거리를 활개치고 다니지 않는다. 다소 과시적인 측면이 있고, 장갑이

---

1. Lérida, 바르셀로나에서 서쪽으로 약 160km 떨어진 도시. 바르셀로나와 사라고사 사이의 거의 가운데 지점에 위치해 있다.

나 꽂인 양 아무렇지도 않게 지니고 다니기 때문에 주위 사람
들을 놀라게 하는 그런 액세서리들이 전혀 없다. 전방 도시 레
리다에서는 사람들이 진지하다. 죽음을 상대로 유희를 벌이는
일이 더 이상 용납되지 않는다.

그럼에도 불구하고…

"겉창을 잘 닫으세요. 호텔 맞은편에서 민병대원이 빛이 보
이는 창을 총으로 쏘아 빛이 새 나가지 않도록 하고 있습니
다."

우리는 지금 차를 타고 전쟁이 벌어지고 있는 현장으로 향
하고 있다. 차츰 바리케이드의 수가 많아지고, 지금부터 우리
는 그것을 지날 때마다 매번 혁명위원회와 긴 대화를 나누게
될 것이다. 인근 마을을 오가는 일 이외에는 바리케이드를 지
나는 일이 금지되었다.

"더 나아가실 겁니까?"

"예."

위원회 의장은 벽에 붙은 커다란 지도를 자세히 살펴본다.

"통과하실 수 없습니다. 반란군들이 6km 전방에서 도로를
점령하고 있습니다… 여기로 우회할 수는 있습니다… 아직 점
령되지 않았을 게 틀림없습니다… 적어도… 오늘 아침, 기갑
부대에 관한 얘기가 있기는 했습니다만."

전선의 윤곽을 읽는 일은 매우 복잡하다. 아침부터 저녁까
지 우군 마을, 반란군 마을, 정체가 모호한 마을이 계속 바뀐
다. 점령한 지역과 그렇지 않은 지역이 이렇게 얽혀 있는 모습

을 보니, 내게는 갑작스레 돋아난 상당히 물렁물렁한 종기가 연상된다. 일련의 참호들이 대치중인 적들을 날카로운 칼처럼 정확하게 가르고 있는 것이 결코 아니다. 나는 습지로 들어간다는 인상을 받는다. 여기는 발아래 땅이 단단하다. 저기는 발아래 땅이 쉽게 파인다…. 그리고 우리는 이 모호한 지대로 떠나고 있다. 전투를 벌이기 위해 움직이는 사람들 사이에 수많은 공간, 수많은 종류의 대기가 있다! … 군사 작전은 기묘하게도 아무런 긴장감 없이 전개된다….

마을을 벗어난 곳에서 탈곡기가 소음을 내며 작동하고 있다. 여기서는 황금빛 저녁노을 속에서 사람들이 다른 이들의 빵을 마련하기 위해 일하고 있는데, 이 사람들은 우리에게도 환한 웃음을 지어 보인다.

나는 이런 아름다운 평화의 모습은 거의 기대하지 않았다! … 여기서는 죽음이 삶을 거의 방해하고 있지 않는 듯하다. 내게 한 지리학적 표현이 떠오른다. 1평방킬로미터당 1명의 살인자… 그러면 비록 이 땅의 주인이 누구인지는 몰라도, 두 명의 살인자 사이에 이 수확철의 농지와 포도밭이 있는 것이다. 그리고 내게는 심장처럼 피곤한 줄 모르고 작동하는 탈곡기의 노랫소리가 오랫동안 들린다.

우리는 다시 진로를 차단당한다. 도로 한가운데 포석들로 만든 벽이 버티고 있고, 여섯 개의 소총이 우리의 얼굴을 겨누고 있다. 남자 넷과 여자 둘이 벽 뒤에 일렬로 서 있다. 그런데 나는 두 명의 여자들은 총을 겨누는 방법을 모른다는 것을 알아차린다.

"더 나아갈 수 없습니다."

"무슨 일 때문이죠?"

"반란군들이….'

그들은 이 마을과 거의 똑같이 생긴, 800미터 떨어진 마을을 가리켜 보인다. 확실히 거기에도 이곳의 그것과 거의 똑같은 바리케이드가 있을 것이다. 또한 반란군들에게 음식 재료를 공급하는 탈곡기가 있을 것이다.

우리는 민병대원들 근처의 수풀에 앉는다. 그들은 총을 내려놓고 얇은 빵조각을 잘라서 나눠 먹는다.

"이 고장 출신들이신가요?"

"아니요, 저희는 카탈로니아인입니다. 바르셀로나 출신이고, 공산당이죠….'

아가씨 중 하나가 기지개를 켜더니 바람에 머리카락을 날리며 바리케이드에 걸터앉는다. 그녀는 조금 살이 쪘지만, 신선하고 아름다운 젊음을 지녔다. 그녀는 우리를 향해 햇빛처럼 환한 미소를 짓는다.

"저는 전쟁이 끝나면, 이 마을에 머물 거예요… 도시보다는 시골에 사는 게 훨씬 더 행복해요… 저는 이런 사실을 모르고 있었죠!"

그러고는 그녀는 마치 어떤 계시에 의해 감동받은 듯 주위를 사랑스런 시선으로 둘러본다. 그녀는 우중충한 교외, 아침마다 공장으로 떠나는 일, 힘든 하루를 보상하기 위해 저녁에 우울한 카페에 들러 술을 마시는 일밖에 몰랐다. 그런데 이곳에서는 주위 사람들의 모든 행동과 태도가 축제일의 그것들처럼 보인다. 그녀는 바리케이드에서 뛰어내린 다음 샘으로 달려간다. 분명 그녀는 바로 대지의 가슴에서 영양분을 마시고 있다는 생각을 하고 있는 듯하다.

"여기서 전투를 벌였나요?"

"아니요. 가끔, 반란군 편에서 어떤 움직임이 있어요… 여기서 대포나 사람들을 관찰하고 있어요… 우리는 저들이 도로를 통해 진격해 올 거라고 생각하고 있어요… 그런데 2주 전부터 아무 일도 일어나지 않고 있죠."

이들은 처음으로 대면할 적을 기다리고 있다. 맞은편 마을에서도 이들과 비슷한 반란군 편 민병대원 여섯이 적을 기다리고 있을 것이 틀림없다. 이 세상에는 열두 명의 전사들만 있다….

나는 이 전방에서 길을 따라 방황하며 이틀을 보냈지만, 총이나 대포 소리를 한 번도 듣지 못했다. 나는 어디로 가든 막다른 지점에 이르는 친숙해진 도로들 이외에는 아무것도 목격할 수 없었다. 물론 도로들을 더 따라가면 분명 수확철의 새로운 농지와 포도밭들을 지날 테지만, 그곳부터는 다른 세계다. 물속으로 천천히 기울며 잠기는 범람 지대의 도로들처럼, 우리는 그 도로들을 이용할 수 없었다. 거리를 표시하는 이정표에는 "사라고사, 15km…"라고 확실히 적혀 있다. 그러나 사라고사는 도시 이스^{2}처럼 물속에서 잠들어 있어 다가갈 수 없다.

만일 우리가 운이 더 좋았더라면, 포들이 굉음을 내고 부대장들이 지휘를 하는 격전지로 분명히 갈 수 있었을 것이다. 하지만 이곳에서는 부대도, 지휘관도, 포도 거의 찾아볼 수 없다. 행진하는 장병들도 분명히 만날 수 있었을 것이다. 전방에는 사람들이 서로 싸우다 죽는 길들의 접점들이 있기 마련이다. 그런데 이곳에서는 그 접점들이 서로 매우 멀리 떨어져 있다. 내가 그것들 사이의 빈 공간을 관찰한 어디에서나 전선은 마치 활짝 열린 문처럼 느껴졌다.

그래서 지도부와, 대포와, 군인을 실은 차량들이 있음에도 불구하고, 이곳에서는 진정한 전쟁이 전혀 벌어지고 있지 않는 것 같다. 각자 어디선가 무슨 일이 생겨나기를 기다리고 있다. 반란군들은 마드리드의 중립 진영들이 자신들을 지지한다고 선언해 주기를 기다리고 있다… 바르셀로나는 사라고사가 새로운 사상의 영감을 받아 사회주의를 지지하며 내려오기를 기다리고 있다. 여기서 움직이고 포위 활동을 하는 것은 군인이 아니라 생각이다… 큰 희망이자 큰 적은 생각이다. 내게는 비행기가 투하하는 몇 개의 폭탄, 몇 개의 포탄, 무장한 몇 명의 민병대원들은 그 자체로는 전투에서 승리를 거둘 능력을 갖지 못한 것으로 보인다. 개개의 군인이 참호로 보호받는다면 백 명의 공격자들보다 더 강하다. 그럼에도 생각은 계

---

2. Ys, 4세기나 5세기 무렵에 바닷물에 잠겼다는 전설상의 영국 도시.

속 진행될 것이다….

　이따금씩 누군가가 공격을 한다. 이따금씩 누군가가 나무를 흔든다… 그리고 이것은 결코 나무를 뿌리 뽑기 위해서가 아니라, 열매가 익었는지를 알아보기 위해서다. 그런데 이런 순간에 도시는 함락된다….

이곳에서는 나무를 벌채하듯 사람들을 총살한다…
그리고 사람들은 더 이상 서로를 존중하지 않는다

내가 전선에서 돌아왔을 때, 친구들은 그들의 비밀스런 여행에 내가 동행하는 것을 허락했다. 지금 우리는 산 한가운데에, 평화와 공포를 동시에 경험하는 이곳의 마을들 중 한 곳에 있다.

"그래요, 우리는 그들 중 17명을 총살했어요…."

그들은 17명의 '파시스트들'을 총살했다. 사제, 사제의 하녀, 성당지기, 마을에서 다소 유명 인사였던 14명의 사람들. 실제로 모든 일은 상대적이다. 그들은 신문에서 세계의 주인 중 한 사람인 바실 자하로프[1]에 관한 글을 읽을 때, 그 내용을 그들끼리의 언어로 바꾸어 이해한다. 그들은, 그 언어를 통해

---

1. Basil Zaharof, 1849-1936, 19세기 말부터 유럽에서 무기 판매상으로 활약하여 세계 최대의 갑부 중 한 사람이 되었다. 1차 세계대전 때는 연합군을 도운 대가로 프랑스로부터 레지옹 도뇌르 훈장을, 영국으로부터 나이트 작위를 부여 받았지만, 그는 사람들의 죽음으로부터 막대한 돈을 벌어들였다는 인식 때문에 사람들 사이에서 '죽음의 상인(merchant of death)'으로 이해되었다. 1차 세계대전 이후에는 석유업과 도박업에도 진출했다.

서, 묘목을 가꿨던 사람이나 약사를 인식한다. 그래서 그들이
약사를 총살할 때, 바로 바실 자하로프와 다소 비슷한 누군가
가 죽는 것이다. 그 약사만이 총살의 이유를 결코 모르는 유
일한 사람이다.

지금 여기에는 우리만 있고, 주위는 고요하다.

거의 고요하다고 말할 수 있다. 지금도 의식을 괴롭히고 있
는 그 사람, 내가 조금 전에 그를 마을의 카페에서 보았을 때,
그는 공손했고, 웃고 있었고, 그렇게 살고 싶어 했다! 그가 카
페에 온 이유는 몇 헥타르의 포도밭을 소유하긴 했지만 자신
이 인간이라는 사실, 즉 자신이 다른 사람들과 마찬가지로 류
머티즘으로 고생을 하고, 다른 사람들처럼 손수건으로 땀을
닦고(그의 손수건은 파란색이었다). 평범하게 당구 게임을 즐긴
다는 사실을 우리한테 분명하게 보여 주기 위해서였다. 당구
게임을 즐기는 사람을 총살할 수 있을까? 하지만 그는 손이
투박한 데다 떨려서 당구를 제대로 치지 못했다. 곧, 그는 마
음이 동요되고 있었다. 그리고 그는 자신이 과연 파시스트인
지 아닌지 여전히 모르고 있었다. 내게는 보아 뱀에게 측은한
마음이 들게 하기 위해 그 뱀 앞에서 춤을 추는 원숭이들이 떠
올랐다.

하지만 우리는 그를 위해 아무 일도 해 줄 수 없었다. 지금,
우리는 혁명위원회 본부의 어떤 받침대 위에 앉아 다른 문제
를 꺼내기 위해 준비하고 있다. 페펭이 호주머니에서 더렵혀
진 서류들을 꺼내는 동안, 나는 이 테러리스트들을 관찰한다.

이상한 모순이다. 이들은 눈빛이 맑게 빛나는 성실한 농부들이다. 우리는 이곳에서 앞으로 이같이 신중한 얼굴들을 여기저기서 발견하게 될 것이다. 우리는 위임된 권한이 없는 외국인일 따름이지만, 이곳 사람들은 언제나 진지하고 공손한 태도로 우리를 맞이할 것이다.

페펭이 말한다.

"예… 보시죠… 그의 이름은 라포르트입니다. 여러분은 그를 아십니까?"

손에서 손으로 서류가 옮겨 가고, 위원회 멤버들은 고개를 젓는다.

"라포르트… 라포르트…."

내가 이들에게 무언가를 설명하고 싶지만, 페펭은 내게 아무 말도 하지 말 것을 지시한다.

"이들은 말은 않지만, 알고 있어…."

페펭은 아무 일 없다는 듯 자신의 신원확인서들을 일렬로 배열한다.

"저는 프랑스 사회당의 당원입니다. 이것이 제 당원증입니다…."

손에서 손으로 당원증이 옮겨 간다. 위원장은 눈을 들어 우리를 바라본다.

"라포르트… 저는 모르겠습니다…."

"아니오, 알고 계십니다. 프랑스 출신의 종교인으로… 변장을 하고 있었던 게 확실할 겁니다… 여러분은 그를 어제 숲에

서 체포했어요. 라포르트… 우리 위원회가 그의 석방을 요구
합니다….”

　나는 받침대에 걸터앉은 채 다리를 이리저리 흔든다. 얼마
나 기묘한 회합인가! 우리는, 아주 정확히 말하면, 한 산중
마을의 심부, 늑대 아가리 안에 있다. 프랑스 국경으로부터
100km 떨어진 곳에서, 그리고 사제의 하녀들까지 총살하는
어떤 혁명위원회에 한 종교인을 무사히 넘겨 달라고 요구하
면서.

　그럼에도 불구하고 나는 안전감을 느낀다. 이들의 공손함
은 결코 위선적이지 않다. 더구나, 이들이 위선적인 태도로 우
리를 대할 이유가 있을까? 이곳에서는 우리를 보호할 수 있는
것이 아무것도 없는데, 우리가 그들에게 라포르트 신부보다
더 위협적인 인간들일 수 있을까?

　페펭은 팔꿈치로 나를 건든다.

　“제 생각엔 우리가 너무 늦은 시각에 도착한 것 같군요….”

　위원장은 기침을 하더니 결정을 내린다.

　“저희가 오늘 아침 마을 입구의 도로 위에서 시신을 하나
발견했는데… 아직도 거기에 있는 게 틀림없을 겁니다….”

　그리고 그는 그 시신의 증명서들을 확인해 보라고 사람을
보내는 시늉을 한다.

　페펭이 내게 자신의 생각을 말한다. “이들이 이미 그를 총살
했어, 안된 일이야, 그를 확실하게 인도받을 수 있었는데. 이
들은 이곳에선 성실한 사람들이야….”

나는 이 이상한 '성실한 사람들'의 눈을 똑바로 쳐다본다. 그리고 실제로 나는 거기서 나를 고통스럽게 만드는 어떤 것도 발견할 수 없다. 나는 이들의 얼굴이 벽처럼 굳어지며 전혀 아무런 감정도 읽을 수 없을 정도로 변하는 걸 본다 해도 두렵지 않다. 아무런 감정도 없지만 희미하게 감도는 권태의 표정. 이 냉혹한 표정. 이들에 대해서는 아주 도전적인 우리의 임무에도 불구하고, 무엇이 이들로 하여금 우리를 의심스런 인물로 생각하게 만들지 않는지 나는 자문해 본다. 호소할 길 없는 적인 재판관들 앞에서 죽음의 춤을 추던 갓길 카페의 그 '파시스트'와 우리 사이에 어떤 차이점이 있다고 이들은 생각하는 걸까? 내게 한 생각이 찾아든다. 이 생각은 이상하긴 하지만, 나의 모든 본능은 그 생각이 옳다고 강력하게 주장한다. 즉, 만일 이들 중 한 명이 하품이라도 한다면, 나는 공포를 느낄 것이다. 나는 인간다운 의사소통이 단절되었다고 느낄 것이다….

★

우리는 다시 떠났다. 나는 페펭에게 질문한다.

"이곳이 우리가 방문한 세 번째 마을인데, 나는 이 마을이 위험한 곳인지 그렇지 않은 곳인지 계속해서 알 수 없었다네."

페펭은 웃는다. 그도 모르는 것이다. 그럼에도 불구하고 그는 이미 수십 명의 목숨을 구한 바 있다.

그가 내게 털어놓는다. "그런데 어제, 안 좋은 순간이 있었어. 내가 교수대 바로 아래서 성-브뤼노 파의 한 종교인을 구했지… 그 순간, 피 냄새가… 그들은 투덜거렸다네…."

나는 이 사건이 어떻게 끝났는지 알고 있다. 사회주의자이자 악명 높은 반교권주의자인 페펭은 그 성-브뤼노 파의 종교인을 구하기 위해 목숨을 건 행동을 하고 나서, 일단 차에 올라타자, 그 종교인을 향해 돌아서서는 방금 자기가 감행한 위험에 대한 대가로 알고 있는 욕 중에서 가장 순한 욕을 그에게 던졌다.

"빌어먹을… 수도승."

페펭은 승리감을 느꼈다.

그런데 그 수도승의 귀에는 아무 말도 들리지 않았다. 그는 페펭의 목에 달려들어서는 행복의 눈물을 흘리며 그를 포옹하고 있었다….

다른 마을에서는 우리에게 남자 한 명을 인도했다. 매우 신비스런 분위기를 지니고 있던 네 명의 민병대원이 그를 지하 감방에서 끄집어내 우리에게 넘겼다. 그는 행동이 민첩하고 눈빛이 강렬한 종교인이었는데, 나는 그의 이름은 잊었다. 그는 농부 복장을 하고, 옹이가 많고 홈들이 길게 파인 기다란 막대를 들고 있었다.

"정말로 잊지 못할 날들이었습니다… 숲에서 3주를… 긴 시간이었습니다… 버섯으론 배를 채우는 게 거의 불가능해서 마을로 접근하다 붙잡혔습니다…."

읍장(邑長) — 우리가 선물이라고 할 수 있는 생명을 구하는 데 도움을 준 사람이다 — 은 거만한 투로 우리에게 사실을 설명한다.

"사람들이 저 사람을 향해 수차례 사격을 가해서, 죽었다고 생각했습니다…."

그는 자신의 서툴렀던 처신에 대해 변명한다.

"그때가 밤이라서…."

그 종교인은 웃는다.

"저는 두렵지 않았습니다…."

그리고 우리가 떠나려 할 때, 그 유명한 테러리스트들이 등장해 악수하는 장면이 끊임없이 이어진다. 그들은 특히 구출된 사람의 두 손을 붙들고 크게 흔든다. 그가 살아 있다는 사실을 축하한다. 그 종교인도 아무런 다른 생각 없이 쾌활한 태도로 모든 축하의 말들에 응답한다.

나로 말할 것 같으면, 이 남자들을 이해해 보고 싶다는 생각이 들었다.

우리는 리스트를 살펴본다. 시체스[2]에 살해될 위험에 처한 한 남자가 있다는 통보가 왔다. 지금, 우리는 그 남자의 집에

---

2. Sitges, 바르셀로나에서 남쪽으로 약 40km 떨어진 해변 휴양지.

있다. 우리는 많은 기계가 있는 공장 내부로 들어가듯 이 집 안으로 깊숙이 들어간다. 리스트에 적힌 층에서 여윈 한 젊은 남자가 우리를 맞는다.

"당신은 위험에 처해 있는 것으로 보이는군요. 우리가 당신을 바르셀로나로 데려갈 것이며, 당신은 두크에스네 호에 승선하게 될 것입니다."

이 젊은이는 한참을 생각한다.

"문제는 제 누이가 전화를 하기로…"

"무슨 말씀이죠?"

"그녀는 바르셀로나에 살고 있습니다. 그녀는 아이의 기숙 사비를 한 번도 내지 않았습니다, 그리고 바로 제가…"

"그것은 저희와 상관없는 일입니다… 당신은 위험에 처해 있는 건가요, 아닌가요?"

"저는 모르겠습니다… 제 누이가…"

"당신은 피신을 할 건가요, 아닌가요?"

"저, 저는 모르겠습니다, 당신들은 어떻게 생각하나요, 바르셀로나에서, 제 누이가…"

이 젊은이는 내란의 와중에도 사소한 가족사를 늘어놓고 있다. 그는 그 이상한 누이를 속이기 위해 여기에 계속 머무를 것이다.

"당신이 원하시는 대로…"

그러고는 우리는 그를 버려두고 떠났다.

★

우리는 차를 멈춘 다음 차에서 내린다. 들판에서 한 차례 커다란 총성이 들렸다. 도로에서 500m 떨어진 곳에 작은 나무숲이 보이고, 그 숲 위로 공장 굴뚝 2개가 솟아 있다. 민병대원들도 그 자리에 선 채 사격 태세를 갖추고 있고, 우리는 질문한다.

"무슨 일이죠?"

그들은 분명히 사태를 알아차리고, 그 굴뚝들을 가리킨다.

"총소리는 저 공장에서 들려왔습니다…."

총소리는 더 이상 들리지 않고, 고요함이 다시 찾아든다. 그 굴뚝들에서는 천천히 연기가 피어오르고 있다. 한 줄기 강풍으로 인해 들판의 풀들이 한쪽으로 기울어 있다. 아무 풍경도 변하지 않았다….

우리도 아무런 변화를 느끼지 못한다.

그럼에도 불구하고, 저 작은 나무숲에서는 방금 누군가가 죽었다. 지금 이곳을 감도는 침묵은 조금 전의 총소리보다 더 큰 울림을 갖는다. 곧, 총소리가 들리지 않는다면, 그것은 더 이상 사격할 대상이 존재하지 않기 때문이다.

아마도 한 남자, 아니면 한 가족이 방금 한 세계에서 다른 세계로 떠났을 것이다. 이미 시신들은 수풀 사이로 운반되고 있다. 그러나 이 저녁의 바람… 이 풀들… 저 천천히 피어오르

는 연기… 시신들 주위에서는 모든 것이 예전처럼 제 갈 길을
가고 있다.

나는 죽음이 그 자체로는 결코 비극적인 것이 아니라는 사
실을 잘 안다. 이 푸르고 무성한 초목들을 앞에 둔 내게, 예전
에 프로방스 지방에서 길을 우회하다 바라보았던 마을이 떠
오른다. 종탑 주위로 집들이 다닥다닥 모여 있던 그 마을은
노을을 배경으로 뚜렷한 모습을 나타내고 있었다. 나는 수풀
에 앉아 그 평화로운 모습을 감상하고 있었는데, 그 순간 망
자를 위한 타종 소리가 바람을 타고 들려왔다.

그 종소리는 세상을 향해, 평생에 걸쳐 자신의 몫을 잘 이행
한 한 노부인이 내일 굳고 뼈가 앙상하게 드러난 육체로 땅에
묻힐 것이라는 사실을 알리고 있었다. 그리고 바람에 섞여 천
천히 들려오던 그 종소리는 내게 절망이 아니라 겸허하고도
부드러운 환희를 담고 있는 것처럼 보였다.

동일한 타종 소리로 세례의 순간과 장례의 순간을 기념하곤
하던 그 종은 한 세대가 다른 세대로 바뀌는 순간을, 인간들
의 역사를 알리고 있었다. 그것이 시신을 두고 찬양하던 것은
여전히 생명이었다.

나는 그 가여운 노부인과 땅(土)의 약혼식을 알리는 종소리
를 들으며 아늑하고 포근한 감정을 느낄 뿐이었다. 내일이면
그녀는 처음으로 꽃과 노래를 부르는 매미들을 실로 꿰맨 왕
실용 천 아래서 잠들게 될 것이다.

한 여자아이가 오빠들과 함께 살해당했다는 말이 들리는데,

확실하지 않은 소문이다.

얼마나 잔혹한 순진함인가! 풀들이 자라난 분지의 움푹 팬 곳에서 둔탁한 몽둥이로 때려죽인다고 우리의 평화가 훼손되는 것은 아니었다. 자고(鷓鴣)들을 순식간에 사냥하는 일로도. 시민들이 들을 수 있도록 나뭇잎들 사이로 퍼져 나가는 이 삼종기도의 종소리로 우리의 마음은 아무 회한도 없이 고요해진다….

인간의 사건은 확실히 두 개의 얼굴을 갖고 있다. 하나는 비극의 얼굴, 다른 하나는 무관심의 얼굴. 개인이 문제되느냐 인간 종(種)의 집단이 문제되느냐에 따라 모든 것이 변한다. 인간 종의 집단은 이주를 하거나 위급하게 행동해야 할 상황에 처하면, 개개인의 죽음은 잊는다.

아마도 이런 사실로 그 농부들의 심각한 얼굴 표정을 설명할 수 있을 것이다. 우리는 그 얼굴들에서 그들이 무서운 일을 저지르는 행위에서 쾌감을 느끼는 사람들이라고는 전혀 느끼지 않는다. 그럼에도 불구하고 그들은 몽둥이질을 끝내면, 숲에서 피신하는 중에 죽음의 뿌리에 부딪혀 갈고리에 걸린 듯 붙잡힌 다음 입 가득 피를 물고 쓰러져 있는 그 여자애에 대해서는 무관심한 채, 자신들의 정의감을 실현했다는 사실에 만족스러워하며 우리를 만나기 위해 곧 길을 되돌아 올라올 사람들이다.

★

   나는 이곳에서 내가 결코 풀 수 없을 모순을 접했다. 실제로, 인간의 위대함은 그 종의 유일한 목적에 의해서 만들어지는 것이 아니다. 각 개인이 하나의 제국이다.

   갱도가 무너지고 한 명의 광부가 그 안에 갇혔을 때, 지역 주민의 생활은 정지된다. 동료, 아이, 여자 들은 고뇌를 경험하며 현장에 머무르고, 이러는 동안 구조대원들은 곡괭이로 발 아래 땅을 깊이 파 내려간다.

   위험한 일이 발생할 경우, 군중 중에서 특수한 집단만을 구해야 할까? 말(馬)에 대해 그러는 것처럼, 그가 계속 제공할 서비스를 가늠한 다음 한 인간을 구해야 할까? 아마도 그 광부의 많은 동료들이 구조 과정에서 희생이 될 텐데, 이는 이익과 관련지어 생각할 때 얼마나 잘못된 계산인가… 하지만 이 경우에는 개미집의 개미들 중에서 한 마리의 개미를 구하는 것이 아니라, 하나의 의식, 그 중요성의 무게를 결코 측정할 수 없는 하나의 제국을 구하는 것이다. 무너져 내린 두꺼운 목재들 아래에 갇힌 그 광부의 작은 두개골 안에는 하나의 세계가 있다. 곧, 부모와 친척들, 친구들, 집, 저녁의 따뜻한 수프, 축제일의 노래, 애정과 분노, 아마 심지어는 사회참여에 대한 희망과 커다란 인류애도 있을 것이다. 어떻게 인간의 중요성을 측정할 수 있을까? 그의 조상은 어느 날 동굴 내벽에

순록을 그렸고, 그의 이런 행위는 20만 년이 지난 지금도 빛을 발하고 있다. 그의 행위는 우리를 감동시킨다. 그의 행위는 우리의 내면에까지 의미를 전달하고 있다. 인간적인 행위는 영원한 원천이다.

우리가 희생될 수밖에 없다 하더라도, 우리는 그 깊은 갱도로부터, 고독하지만 보편적 존재인 그 광부를 구하려 할 것이다.

그런데 이날 저녁, 바르셀로나로 돌아온 나는 친구 집의 창문에서 몸을 기울여, 참혹하게 파괴된 작은 수도원 내부를 들여다본다. 천장은 무너졌고, 벽에는 커다란 구멍들이 뚫렸는데, 나는 아주 작은 단서라도 찾기 위해 자세히 관찰한다.

그리고 나도 모르게 파라과이의 개미집들이 떠오른다. 나는 그 내부가 어떻게 생겼는지 매우 궁금해서 곡괭이로 그것들을 반으로 절단했었다. 이 작은 사원을 절단 낸 정복자들에게도 확실히 이곳이 개미집으로밖에 보이지 않았을 것이다. 어린 수녀들은 군인들의 단순한 발길질에도 겁을 먹고 바깥으로 급히 뛰어나온 다음 벽을 따라 이리저리 뛰기 시작했지만, 군중은 비극적 감정을 느끼지 않았다.

하지만 우리는 결코 개미가 아니다. 우리는 인간이다. 우리에게는 수(數)나 공간과 관련한 법칙이 더 이상 적용되지 않는다. 지붕 밑 방에서 연구를 하는 과학자는 계산 과정을 거친 다음, 도시의 주요 시설들이 원활하게 돌아가게 할 방법을 찾게 된다. 그러나 한밤중에 깨어 있는 암환자는 인간 고통의 상징이다. 아마도 한 명의 광부는 천 명의 사람들이 그를 구하다 죽을 만한 가치를 지니고 있을 것이다. 인간들이 문제가 될 때, 나는 더 이상 그 끔찍한 셈을 어느 정도라도 능숙하게 할 줄 모른다. 누군가가 내게 다음과 같이 말한다고 생각해 보자. "전(全) 주민을 생각할 때, 그 수십 명의 사망자가 어떻다는 말이오? 도시가 계속 정상적으로 기능하는데, 그 불에 탄 몇 채의 수도원이 어떻다는 말이오? … 바르셀로나의 어디에 공포가 있다는 말이오?" 나는 이러한 계산들을 거부한다. 우리는 인간들의 제국의 크기를 측량하지 않는다.

표면적으로는 내게서 두 걸음밖에 떨어져 있지 않지만, 자신의 수도원·연구실·사랑 속에 갇혀 지내는 이는 티베트의 고독, 내가 어떻게 여행을 하든 결코 도달할 수 없는 먼 곳인 티베트의 고독에서 진실로 벗어난 사람이다. 만일 내가 그 볼품없어 보이는 벽들을 허문다면, 나는 어떤 문명이 방금 아틀란티스 대륙처럼 바다 속으로 영원히 가라앉았는지 모르게 될 것이다.

작은 숲에서 자고들을 사냥하는 일. 오빠들과 함께 맞아 죽은 여자아이. 아니, 내게 두려움을 주는 것은 결코 죽음이 아니다. 내게는, 죽음이 삶과 연결되어 있을 때는, 그것이 아늑한 그 무엇으로 보이기까지 한다. 나는 이 수도원에서는 누군가가 죽은 날이 심지어 축제의 날이었다고 생각하고 싶다… 그런데 갑자기 인간성 자체에 대한 그 흉측한 망각, 그 대수학자(代數學者)들의 정당화가 나타났고, 내가 거부하는 것은 바로 이것들이다.

사람들은 더 이상 서로를 존중하지 않는다. 영혼 없는 집달리인 그들은 한 왕국을 파괴하고 있다는 것을 모른 채 집기들이 바람에 이리저리 나뒹굴도록 놓아둔다… 지금 이곳에는 어떤 기준들에 따라 사람들을 숙청할 권한을 지닌 위원회들이 있는데, 그 기준들이 두 번, 세 번 바뀐다면, 이후에는 죽은 사람들밖에 없게 된다. 그리고 모로코 동포들의 우두머리 역할을 하는 한 장군은 분리주의를 분쇄하는 종교 지도자와 비슷하게, 평화로운 의식(意識)을 지닌 채, 군중들 전체를 단죄하고 있다. 이곳에서는 나무를 벌채하듯 사람들을 총살한다….

스페인에는 항상 이동 중에 있는 군중들이 있지만, 개인은, 이 우주(宇宙)는, 갱도 바닥에서 헛되이 도움을 요청하고 있다.

마드리드
(1937)

마드리드의 저항

총알들이 우리가 따라가는 달빛 비친 벽을 맞추며 터진다. 길의 왼편에는 그 너머로 경사를 이루고 있는 것으로 보이는 작은 둔덕이 있다. 그래서 나를 안내하고 있는 중위와 나는, 우리의 앞과 양편을 말발굽 형태로 둘러싼 채 차츰 커져 가는 전장에서 1천 미터 떨어진 곳에서 들리는 이 날카로운 총소리들에도 불구하고, 하얗게 빛나는 시골길 위에서 커다란 평화의 감정을 느꼈다. 우리는 노래를 부르고, 웃고, 성냥을 켤 수 있었는데, 우리에게 관심을 기울일 만한 사람이 없었기 때문이다. 우리는 인근 장터로 길을 떠나는 농부들과 비슷했다. 우리가 이곳에서 1천 미터 떨어진 곳에 있다면, 가혹한 임무 때문에 어쩔 수 없이 어두운 체스판 같은 전쟁터에 있을 테지만, 여기서는 그 게임에서 벗어나고 사람들로부터 잊힌 채, 마치 학교 수업을 빼먹고 야외로 놀러 나온 학생의 기분이 들었다.

이 총알들도 마찬가지. 저 먼 전장에서 날아온 찌꺼기들인 방향 잃은 총알들. 여기서 날카로운 소리를 내는 그것들은 저 곳에서부터 목표점을 상실한 것들이다. 어떤 총알들은 너무 높게 조준해서 발사해, 흙으로 만든 적의 방벽을 파괴하거나 적군의 가슴을 관통하는 대신, 지평선 너머로 사라져 버렸다.

그 총알들은 금방 생겨났다 사라지는 3초의 여유 시간 동안 어처구니없는 포물선들을 그리며 어둠을 채우고 있었다. 그중 어떤 것들은 돌을 맞추며 터지지만, 대개가 매우 높게 날아와 별들 사이로 회초리처럼 기다란 선을 그렸다. 튀어 나가는 것들만이, 한 순간 위험하고 침을 쏠 것 같지만 금세 다른 데로 날아가 버리는 꿀벌을 흉내 내며, 마치 그 자리에서 빙빙 돌기라도 하는 듯, 이상하게 울리는 소리를 내고 있었다.

왼편에서는 지금 경사지가 계속 이어지고 있고, 내 동행인은 질문을 했다.

"샛길로 갈 수도 있지만, 밤이라서, 도로로 가는 게 더 낫지 않을까요?"

나는 그의 얼굴을 비스듬히 쳐다보며 거기서 심술궂은 미소가 나타나는 것을 알아챘다. 내가 이 전쟁을 가까이서 경험해 보고 싶어 했기 때문에, 그가 나를 안내하는 일을 자처하고 나섰다. 어딘가에 부딪혀 튕겨 나와, 날갯짓을 그치고 바닥에 내려앉는 순간의 곤충처럼, 아주 짧은 순간 지글거리는 소리를 내는 저 총알들은 확실히 내게서 존경심을 불러일으켰다. 그런데 나는 그 음악에 어떤 의도가 있다는 것을 발견했다. 곧, 그 총알들의 목적이 육체를 찾는 것인 듯, 내 몸이 그것들에게로 자석처럼 끌린다는 느낌이 들었다. 하지만 동시에 나는 이 동료를 신뢰하고 있었다. '그는 내게 인상적인 장면을 보여 주고 싶어 하지만, 그도 살기를 원할 것이다. 만일 내 몸을 유혹하는 이 총알 세례에도 불구하고, 그가 내게 도로로 가기를 제안한다면, 그것은 그 길이 거의 위험이 없기 때문일 거다. 그가 나보다는 더 잘 알 것이다.'

"도로, 물론 좋습니다… 얼마나 아름다운 밤입니까!"

나는 확실히 샛길로 가고 싶었지만, 나를 위해 의견을 말하지 않았다. 나는 이런 속임수를 알고 있다. 그보다 훨씬 더 앞서 나 스스로가, 예전에 쥐비 곶[1]에서, 위험지대가 요새로부터 20m밖에 떨어져 있지 않았을 때, 이런 사소한 장난을 친 적이 있다. 조금 우쭐대고 사막을 거의 겪어 보지 않은 한 감사관과 함께 요새를 나섰을 때, 나는 쥐비의 비행장과 관련한 일상을 애기하면서, 곧장 사막으로 이어지는 길로 그를 데려갔다. 나는 겁에 질린 반응이 나오기를 기다렸는데, 이는 머지않아 우리 시설에 내려질 행정 제재에 대해 복수를 하기 위해서였다.

"어… 늦은 시간이에요… 만일 돌아가려고 한다면?" 바로 이 순간에 내가 완전한 권력을 갖게 되었고, 나의 동행인은 완전히 얼어붙어 있었다. 요새로부터 매우 멀리 떨어져 있었기 때문에, 그는 결코 혼자서는 되돌아갈 수 없었다. 이어서 한

---

1. cap Juby, 북아프리카 모로코의 서남부에 위치한 곳. 생텍쥐페리는 이곳의 비행장에서 근무한 경험이 있다.

시간 동안 나는 이런저런 사소한 핑계들을 대고 경쾌하게 걸어 다니면서, 그가 나의 발꿈치를 노예처럼 따라다니도록 만들었다. 그러고는 그가 피곤하다고 분명하게 호소할 때, 나는 그에게 그 자리에 앉아 내가 돌아가는 길에 같이 데려갈 때까지 기다리라고 다정하게 말했다. 그는 음흉한 모습으로 펼쳐져 있는 사막의 크기를 눈으로 잰 다음, 조금 망설이는 듯하더니, 쾌활한 태도로 말했다. "사실 저는 걷는 것을 매우 좋아합니다…." 그래서 나는 아주 큰 만족감을 느꼈고, 요새가 있는 곳의 반대 방향으로 빠른 속도로 성큼성큼 걸으면서, 그에게 무어인[2] 종족들의 잔인한 풍습들에 관해 얘기해 주었다.

이날 밤, 나는 노예처럼 끌려다니던 그 감사관 같은 신세였지만, 샛길들의 소설 같은 풍경에 대해 비록 멋지긴 하지만 정확하지 않은 생각들을 섣불리 발설하느니, 매 순간 가만히 입 다물며 겸손한 태도를 취하는 것이 낫겠다는 생각을 했다.

그럼에도 불구하고 우리는, 누구도 이 게임에서 이기는 일 없이, 땅의 균열로 인해 생겨난 틈으로 미끄러지듯 들어갔다. 방금 상황이 심각한 국면을 띠면서, 우리의 유희는 갑자기 순진한 것으로 보였다. 우리가 기관총 세례를 받았기 때문도 아니고, 탐조등이 우리를 발견했기 때문도 아니고, 단순히 어떤 한숨 소리, 하늘이 일종의 배앓이를 하는 소리 때문이었다. 우

---

2. Maure, 과거에는 북아프리카의 아랍인들을 가리키는 말이었지만, 현대에 와서는 모리타니에 주로 살고 있는 사하라 서부 지역의 이슬람인들을 가리키는 표현이 되었다. 이들은 대개 목축과 천막 생활을 한다.

리는 여태껏 이 소리를 전혀 염두에 두지 않고 있었다.

중위가 말한다. "저것들이 마드리드를 향해 날아가고 있어요."

이 샛길은 카라반첼[3] 조금 못 간 곳에서 한 언덕의 능선과 이어진다. 마드리드로 가는 길에는 비탈길의 한 부분이 움푹 파여 있고, 그 움푹 파인 선 너머로 도시는 보름달 아래서 하얗게, 놀랄 만큼 하얗게 보인다. 텔레포니카[4]에서 내려다보이는 저 높은 건물들은 우리로부터 2km밖에 떨어져 있지 않다. 마드리드는 잠들어 있다, 아니 잠든 척하고 있다. 빛 한 점 없고, 소리 하나 들리지 않는다. 지금부터 우리는 2분여 간격으로 음울한 굉음이 반향하는 소리를 듣게 될 것이고, 그 굉음은 매번 생겨날 때마다 죽음 같은 침묵 속으로 사라질 것이다. 그 굉음 때문에 도시에 소음이나 혼잡스런 이동 상황이 발생하지는 않을 것이다. 그 굉음은 매번 들려온 다음 물속에 잠기는 돌처럼 사라질 것이다.

마드리드가 있던 자리에서 갑자기 어떤 얼굴이 나타난다. 두 눈을 감은 하얀 얼굴. 완고한 성녀(聖女)의 결연한 얼굴. 그 얼굴이 아무 반응도 보이는 일 없이 한 대씩 타격을 받고 있다. 여전히 우리의 머리 위에는 별들 사이로 마개를 딴 병의 그 지글거리는 소리가… 1초, 2초, 5초…, 내가 타격을 받을

---

3. Carabancel, 마드리드의 서남쪽에 위치한 교외 지역.
4. Telefónica, 오늘날 스페인의 대표적인 통신업체. 여기서 등장하는 것은 과거 이 통신업체의 건물이나 구조물일 것이다.

것 같기 때문에, 나는 나도 모르게 뒤로 물러서고, 그러고는
아! 도시 전체가 함몰되는 것 같다!

하지만 마드리드는 계속 다시 떠오른다. 아무것도 함몰되지
않았고, 아무것도 일그러지지 않았고, 아무것도 변하지 않았
다. 그 돌의 얼굴은 순수한 상태로 남아 있다.

"마드리드를 향해…"

나의 동행인은 기계적으로 반복해서 말한다. 그는 내게 별
들 사이로 미세하게 떨며 이동하는 그것들을 식별하는 방법,
먹이를 향해 미끄러지듯 나아가는 그 상어들을 눈으로 쫓는
방법을 가르쳐 준다.

"아니요… 이것은 대응하는 우리 측 포병중대에서 쏜 것입
니다… 그들입니다만, 다른 데를 쏘고 있군요… 저것들… 저
것들이 마드리드를 향해 폭격하고 있어요."

우리는 폭탄이 늦게 떨어지기만을 기다린다. 그사이 무언가
다른 일이 생기기를. 압력이 거대하게 커져 간다, 커져 간다…
저 뜨거운 압력이 폭발이라도 한다면! 아! 저곳에는 방금 죽
은 사람들도 있지만, 방금 구원된 사람들도 있다. 10여 명의
사상자를 제외하고, 80만의 시민들이 유예를 받았다. 그들은
지글거리는 소리와 폭발음 사이에서 죽음의 위험에 처한 80
만의 시민들이다.

폭탄이 투하될 때마다 도시 전체가 위협을 받는다. 나는 저
곳에서 집과 건물들이 서로 밀집한 채로 연결되어 있다는 것
을 느낄 수 있다. 나는 저곳에 남자, 아이, 여자 들, 곧 한 성

녀(聖女)가 움직이지 않고 돌의 망토로 보호하고 있는 그 순박한 주민들이 있다는 것을 안다. 여전히 그 끔찍한 소리가 들린다. 나는 미끄러지듯 떨어지는 공뢰 소리에 역겨움을 느끼며 몸이 얼어붙고, 더 이상 무슨 말을 해야 할지 모르겠다. "그들이… 그들이 공뢰로 마드리드를 폭격하고 있어요…." 이 말에 나의 동행인은 폭탄 수를 세며 대꾸를 한다.

"마드리드를 향해… 열여섯 발째."

나는 우리가 있던 샛길에서 빠져 나왔다. 나는 비탈에 배를 대고 엎드려 지켜본다.

그 얼굴이 다른 새로운 얼굴로 바뀐다. 굴뚝과 작은 종탑과 창 들이 있는 마드리드는 먼 바다에 떠 있는 배를 닮았다. 마드리드는 어두운 밤의 파도 위에서 하얀 모습으로 떠 있다. 하나의 도시는 그곳에 사는 인간들보다 더 오랜 기간 존속하는 법이다. 마드리드는 이민자들을 태우고, 그들을 삶의 한 기슭에서 다른 기슭으로 데려가는 중이다. 그것은 세대(世代)를 실어 나르는 중이다. 그것은 수세기의 시간을 거치며 천천히 항해하는 중이다. 거기서는 가장 높은 곳의 갑판에서부터 선창에까지 남자와 여자와 아이 들로 가득하다. 돌의 배에 갇힌 이들은 체념하거나 공포에 몸을 떨며 기다리고 있다. 그들이 여자와 아이 들을 실은 배를 어뢰로 공격한다. 그들은 하나의 배와도 같은 마드리드를 침몰시키려고 한다.

나로 말할 것 같으면, 이 순간, 전쟁의 게임 규칙들을 진정으로 비웃는다. 그 정당화와 동기도. 나는 귀 기울인다. 나는 포병중대들이 마드리드 상공으로 내뱉는 그 작은 기침소리를 다른 소리들과 구분하는 법을 배웠다. 나는 별들 사이로 그 지글거리는 소리가 그리는 궤적을 식별하는 법을 배웠다. 그 궤적은 궁수자리[5] 가까운 곳 어딘가를 지난다. 나는 천천히 5초를 세는 법을 배웠다. 나는 귀 기울인다. 그럼에도 불구하고, 나는 그 폭탄들로 인해 어떤 나무가 쓰러졌는지, 어떤 성당이 커다란 피해를 입었는지, 어떤 가여운 어린아이가 막 죽어 갔는지 알지 못한다.

나는 오늘 오후에 바로 이 도시에서 폭격 현장을 목격했었다. 그란비아[6]에서는 한 인간의 생명, 단지 한 명의 생명을 끝내는 데에도 우레 같은 타격이 필요했었다. 어떤 사람들은 몸에 묻은 석고 가루들을 닦았고, 어떤 사람들은 뛰어다녔고, 그러는 동안 가벼운 연기가 흩어지고 있었다. 그런데 기적적으로 가벼운 상처 하나 없이 살아난 약혼자는 조금 전만 해도 그 햇볕에 그을린 팔에 팔짱을 꼭 끼고 있던 애인이 피의 해면으로 변한 채로, 살(肉)과 천 덩어리로 변한 채로, 발치에 쓰러져 있는 것을 발견했다. 여전히 무슨 일이 일어났는지도 모른 채 무릎을 꿇고 앉은 그는 천천히 고개를 저으며 "이럴 수가!"라고 말하는 것 같았다. 그는 그렇게 온 몸이 찢긴 채 흐물흐물해진 그 놀라운 형태에서 여자 친구의 모습다운 것을 전혀 찾아볼 수 없었다. 그의 내면에서는 절망의 물결이 잔혹

---

5. Sagittaire, 열두 별자리[황도십이궁] 중 하나.
6. Gran Via, 마드리드의 중심가.

하다 할 만큼 느린 속도로 일어날 뿐이었다. 무엇보다 마술 같은 현실에 놀란 그는, 적어도 그녀는 계속 존재하고 있어야 한다는 듯, 한 번 더 주위를 둘러보며 그 우아하던 자태를 찾았다.

그러나 거기에는 진흙 같은 덩어리 이외에는 아무것도 없었다. 그녀를 인간적인 것으로 만들어 주던, 햇빛에 그을린 연약한 몸은 사라지고 없었다! 여태껏 나오지 않던 — 이것은 무슨 이유 때문인지 모르겠다 — 비명이 비로소 목구멍으로 올라오는 동안, 그는 결코 그 입술 자체가 아니라, 그것이 앞으로 내밀 때의 모습을, 그것이 짓던 미소를 사랑한 것이라는 사실을 분명히 이해할 수 있는 시간적 여유를 갖게 되었다. 그 눈들이 아니라, 그 시선을. 그 가슴이 아니라, 그것의 파도 같은 아늑한 움직임을. 그는 아마도 사랑 때문에 그에게 생겨나곤 했던 고뇌의 원인을 마침내 알게 되는 시간적 여유를 갖게 되었다. 나는 붙잡을 수 없던 것을 추구하고 있지 않았을까? 내가 꼭 껴안곤 하던 것은 결코 한 육체가 아니라, 어떤 솜털, 어떤 빛, 그 육체에 깃들어 있었지만 무게를 지니고 있지 않던 천사였다⋯.

나로 말할 것 같으면, 이 순간, 전쟁의 게임 규칙들과 복수의 법칙을 진정으로 비웃는다. 누가 이 전쟁을 시작했을까? 다른 사람의 반응에 대해 우리 역시 항상 반응하지만, 모든 살인을 초래한 최초의 살인은 시간의 어둠 속에 묻혀 있는 법이다. 나는 어느 순간보다 논리를 불신한다. 만일 어떤 학파의 대가가 불은 결코 살을 태울 수 없다고 내게 논리적으로 증명할 수 있다 하더라도, 나는 화로에 손을 뻗는다면, 논리를 거치지 않은 채, 그의 주장이 어딘가 잘못되었다는 것을 알게 된다.

나는 금빛 드레스가 찢겨진 채로 죽어 있던 어린 소녀를 보았다. 어떻게 내가 복수의 윤리를 신뢰할 수 있을까?

나는 이러한 폭격이 군사적으로 어떤 이점이 있는지도 발견할 수 없었다. 나는 폭격으로 인해 복부가 찢겨 나간 주부들을 보았다. 나는 얼굴 형태가 심하게 손상된 아이들을 보았고, 늙은 여행상(女行商)이 자신의 소중한 물건들 위로 튄 뇌의 찢긴 부위들을 해면으로 닦는 모습도 보았다. 나는 여자 수위가 수위실에서 나와 양동이의 물로 인도를 청소하는 모습을 보았지만, 이런 거리의 작은 사고들이 전쟁에서 어떤 역할을 했을지 여전히 이해를 못하겠다.

심리적 역할? 하지만 폭력은 자신의 발등을 찍는 결과를 초래한다! 포탄이 떨어질 때마다, 무언가가 마드리드 안에서 강화된다. 지금껏 의견을 뚜렷이 보이지 않던 사람들이 무관심한 태도를 버리고 결정을 내린다. 죽은 아이가 당신의 아이일 때, 상황은 무거움을 지닌다. 나는 폭격 때문에 사람들이 해산하지는 않을 것이라고 생각했다. 곧 그것으로 인해 사람들은 단결한다. 공포를 경험한 사람들은 주먹을 불끈 쥐고, 같은 공포를 경험했기 때문에 서로 결집한다. 중위와 나는 비탈을 기어오른다. 하나의 얼굴이거나 배(船)인 마드리드가 아무 반응도 보이는 일 없이 타격을 받으며 저기에 있다. 그런데 사람들도 마찬가지다. 곧, 시련이 그들의 정신적 힘을 천천히 강화시키고 있다.

이런 이유 때문에 내 동행인도 크게 흥분하고 있다. 그는 견고해지는 사람들의 의지를 생각하고 있다. 그는 주먹을 허리에 대고 크게 호흡한다. 그는 더 이상 여자들도 아이들도 불쌍히 여기고 있지 않다….

"60발째…"

모루 위에서 쇠를 때리는 소리가 울린다. 거구의 대장장이가 마드리드를 단련시키고 있다.

카라반첼 전선의 전쟁

우리는 최전방 카라반첼을 향해 다시 발길을 옮겼다. 우리 주위에서 반원형을 그리고 있는 전선은 먼 곳에서 두서없이 들리긴 하지만 곳곳에서 울리는 총격 소리, 바닷물에 쓸려갔다 다시 밀려오는 조약돌들의 소리를 닮은 소리로 동요되고 있다. 이따금씩, 한 곳에서 격발이 되면, 갱도의 가스에 불이 붙듯 곧바로 20km 전선에 걸쳐 일제사격이 이뤄졌고, 이어서 모든 것이 평온해지고 잠잠해지고 자신들의 세계로 되돌아간다. 또한 너무 완벽한 침묵의 순간들이 있어서, 우리는 저곳에서 마치 전쟁이 끝난 것처럼 느낀다.

이런 식으로 모든 분노도 동시에 누그러드는 순간들이 있다. 그렇게 고요한 순간이 30초간 지속된 이후면, 세계의 모습은 이미 바뀌어 있다. 더 이상 총을 쏘는 일도, 응사의 순간을 기다리는 일도, 어디에서건 다시 도발하는 일도 더 이상 없다. 더 이상 사격이 이뤄지지 않는 이런 순간은 얼마나 긴장된 순간인가! 이제 누가 다시 최초로 사격을 가하건, 그가 이 전쟁의 짐을 짊어지기를! 평화를 구하고 싶다면, 이 침묵의 존재를 알아차리는 것으로 충분하다. 목동처럼 애정 깊은 침묵이 있는 것이다. 자신의 언어를 들어주기를 원하는 침묵이….

그러나 어디에선가, 각자가 이 침묵을 깨닫기도 전에, 너무 일찍 커다란 총성이 들린다. 어디에선가, 여태껏 조금씩 타고 있던 재에서 화염이 치솟는다. 어디에선가, 매우 무책임한 단 한 번의 살인 행위로 전쟁이 재발한다.

그리고 내가 다시 찾아온 침묵에 대해 생각하고 있을 때, 지뢰인지 공뢰인지는 모르겠지만, 무언가가 폭발을 한다. 우리의 몸은 횟가루로 뒤덮인다. 나는 매우 놀라긴 했지만, 농부처럼 걸어가는 중위를 뒤따라가며, 그가 이런 긴급 상황들에 주의 깊은 태도를 나타내지 않는다는 것을 알아챘다. 습관, 죽음에 대한 경멸, 체념? 나는 거북이가 단단한 등껍질을 갖게 되는 것처럼 사람들도 전쟁과 관련해 용기를 갖게 된다는 사실을 이후 조금씩 깨닫게 되었다. 그들은 상상하는 능력을 중지시킨다. 그들은 10m 이상 떨어진 곳에서 일어나는 일은 모두 다른 세계의 일로 취급한다. 그러나 나는 천둥 같은 소리가 나는 방향으로 계속 고개를 돌리고, 또한 사람들이 모여 무언가를 수군거릴 때는 어떤 일이 발생하는지 알고자 노력한다.

이전에 사람들이 떠나 텅 비어 있던 최전방은 다시 사람들로 북적이고 있다. 이따금씩 담뱃불이나 손전등이 빛을 낸다. 이제부터 우리는 참호들이 길을 이룬 카라반첼의 작은 집들 사이를 아무런 생각도 없이 능숙하게 지나간다. 우리는 그 사실도 모른 채, 우리와 적을 유일하게 갈라놓고 있는 좁은 길을 따라 걷고 있다. 어떤 샛길들은 지하실로 이어진다. 여기서는 사람들이 잠을 자거나, 뜬 눈으로 밤을 새우거나, 환기구를 통해 담배연기를 내뿜고 있다. 우리도 이곳에서, 저지대에서, 기묘한 해저 생활 같은 것에 섞여 들어간다. 나는 이들과 안면이 없지만, 어둠이 삼켜 버린 이곳 사람들을 살짝 스치며 지나간다. 나의 안내인은 이따금씩 어둠 속에서 말없이 서 있는 사람을 손으로 부드럽게 밀치고는, 나를 초소로 밀어 넣는다. 그러면 나는 앞으로 몸을 숙인다. 총을 쏠 수 있는 구멍을 헝겊으로 막아 놓았다. 나는 헝겊을 끄집어내고 거기에 눈을 대고 바라본다. 맞은편에는 벽과, 물속에서 빛나는 것처럼 보이는 이상한 달빛 이외에는 아무것도 보이지 않는다. 내가 헝겊을 천천히 제자리에 다시 끼울 때는 축축히 젖은 달빛을 닦아 낸다는 느낌이 든다.

사람들 사이에서 새로운 소식이 나돌고, 나는 빨리 이 소식을 접한다. 이쪽에서 새벽 전에 공격을 감행한다는 것이다. 카라반첼의 가옥 30채를 덮쳐야 한다. 십만여 가옥 중에서, 시멘트로 만들었기 때문에 요새로 쓰이고 있는 30채의 집. 포를 사용할 수 없기 때문에, 수류탄으로 벽들을 파괴한 다음, 이런 식으로 바깥으로 노출된 집들을 하나씩 점령해야 한다. 나는 사람들이 수면 아래로 구멍들을 세세히 뒤지며 갈고리로 잡아내는 물고기들을 떠올려 본다. 나는 어렴풋이 고통을 느낀

다. 또한, 잠시 후면 바깥으로 나가 공기를 한 번 크게 들이마
신 다음 푸른 밤 속으로 빠르게 뛰어들어, 비록 맞은편 벽에
도달하는 데 성공하더라도, 석재 파편 아래에서 죽음의 고통
을 경험할 이 사내들을 바라본다.

아주 밝은 달빛 속에서, 열다섯 걸음을 내딛기도 전에, 몇
명이나 총에 맞아 땅바닥을 구르게 될까?

그러나 그들의 얼굴에는 아무 변화가 없다. 그들은 분명 명
령을 따를 순간을 기다리고 있다. 모두가 자발적인 태도를 지
닌 그들은, 개인적인 희망이나 자유를 전부 포기하고서 이 대
열에 합류했다. 새벽의 공격이 명령 내용에 포함되어 있다. 지
금 여기에 모인 남자들 중에서 공격 인원을 선별해야 한다. 곡
식 창고에서 씨앗들을 꺼내게 된다. 파종을 위해 한 줌의 씨를
뿌리게 된다.

가벼운 동요가 일어나고, 사람들 사이에서 두려움의 감정이
퍼지기 시작한다. 아무 이유 없이 격발하는 사례가 많아진다.
마치 적이 내일의 공격을 알아채 우리가 알지 못하는 절망적
인 공격을 준비하고 있는 게 틀림없기라도 하듯, 이들은 적을
두려워하고 있다. 이들은 어둠 속에 숨어 있을 적을 찾는다.
이들은 희생자가 되는 것이 두려운데, 보다 구체적으로 말하
면 목덜미에 타격을 받은 뒤 잔인하게도 온몸의 힘이 풀어지
며 희생자가 되는 것을 두려워한다. 나는 예전에 고통에 휩싸
인 맹수 새끼들이 자신들의 은신처에서 몸을 웅크리고 있는
모습을 본 적 있다. 그 순간 여러분이 그것들에게 다가가려

했다면, 그것들은 여러분의 목을 물어뜯으려 달려들었을 것이
다. 이들은 소리 없이 움직이는 적, 들판으로 풀려난 다음 살
인 행각을 준비하는 광인(狂人)과도 같은 그 적을 찾고 있었
다. 그래서 이들은 무엇보다도 침묵의 공간에 대고 사격을 했
다. 이들은 이렇게 하며, 이편에서 분명하게 응사하는 것을 적
이 들으리라고 믿었다. 이들은 사람이 아니라, 유령처럼 보이
지 않는 무언가를 두려워하고 있다. 하지만 바로 어떤 유령이
반응을 나타냈다.

　지금, 이곳에서, 선창 바닥 같은 곳에서, 우리에게 선체가 갈
라지는 듯한 소리가 들린다. 무언가가 천천히 균열하고 있다.
선체의 갈라진 듯한 틈들 사이로 달빛이 흘러든다. 이들은 이
런 만질 수 없는 것들의 침입에 저항을 하고 있다. 달빛, 어둠,
일종의 바닷물의 침입에. 이따금씩 태풍이 포효를 하면, 그 커
다란 충격에 우리가 흔들린다. 바깥 공기는 총탄들 때문에 호
흡할 수 없을 만큼 탁해졌고, 또한 우리는 그 총탄들 때문에
그저 여기에 갇혀 있을 수밖에 없다고 느끼지만, 지금 그 공격
력이 증가하는 지뢰와 박격포들로 인해, 우리는 매 순간 타격
을 받은 듯, 어떤 정체불명의 인간의 칼에 가슴이 찔린 듯 몸
이 흔들린다. 누군가가 중얼거린다. "맹세코 말하지만, 저들이
먼저 공격을 할 걸."

　우리는 이 커다란 진동의 물결을 온몸으로 겪었다. 사람들
은 몸서리쳤지만, 여기를 떠나지는 않았다. 나는 이런 식으로
이들을 이곳으로 끌어당기고 붙들어 두는 것이 무엇인지 더

잘 이해해 보고 싶었다. 나는 내 옆에 있는 중사에게 내일, 그가 살아서 돌아올 수 있을지 물어볼 것이다. 나는 그에게 다음과 같이 말할 것이다. "중사, 왜 당신은 죽기를 각오하였습니까?"

이들은 이곳을 떠나지 않지만, 커다란 도끼질 아래에서 몸서리친다. 저들은 나무에 대해 하는 것과 비슷하게 사람들을 천천히 공격한다. 곧게 서 있는 나무는 연이어 계속되는, 같은 도끼질을 당한다. 여기서도 나는 모든 나뭇가지들이 어둠 속에서 바르르 떠는 것을 느낄 수 있다.

지금, 기관총들이 별빛이 반짝거리는 강줄기 같은 총알 세례를 퍼붓는다. 소총 사격의 강도가 높아진다. 더 이상 개인들이 스스로 판단을 내려 사격을 하는 것이 아니다. 참호들을 따라 무언가 '딱' 하는 소리가 난다. 나는 내게서 가장 가까운 기관총의 총구가 이리저리 움직이는 것을 지켜본다. 이어서 그것은 어두운 땅 30m 위의 지점을 가리킨다. 어두운 땅 30m 위의 지점에서 활동할 수 있는 인간은 없다. 그럼에도 불구하고, 이들은 거기서 누군가가 움직이고 있다고 생각한다. 지금 이들은 바로 유령에 대항해 악착같이 싸움을 벌인다. 이들은 아직 유령을 내쫓지 못했다고 생각하고 있다!

저들이 공격을 할까? 이런 모든 생각이 주술적 믿음의 형태를 띠고 있다! 나는 맹세코 말하지만, 총안(銃眼) 너머로 아무것도, 별 이외에는 아무것도 보지 못했다. 그런데 지금 내 옆의 기관총 사수는 사격 세례를 퍼붓는다. 그리고 그가 총을 쏠 때는 별이 마치 물속에서 가볍게 떠는 듯 보인다. 이 밤은 도처에서 주술적 착각을 불러일으키고, 이들은 별들과 전투를 벌인다. 그리고 천천히 팔을 들어 올리는 초병이 무언가를 알리는데, 알리는데….

그러고는 갑자기 모든 것이 동시에 폭발하는 것처럼 보인다. 나는 빨리 생각을 전개한다. 나는 생각한다. 나는 다른 사람들과 똑같이 생각한다. 나는 원하지 않는다, 나는 원하지 않는다… 이 밤에 참호로 뛰어들어 다른 이의 복부를 향해 총을 쏘아야 하는 의무를 지고 싶지 않다. 내게서 두 발자국 떨어진 곳에서 짐승 같은 비명을 듣고 싶지 않다. 내가 거대한 석묘(石墓)를 위한 오늘의 제물로 선택되고 싶지 않다. 아! 내게 소총이 있다면! 조심! 나는 경황없이 무언가에 부딪힌다. 조심! 앞으로 나아가려 하는 사람에게 방해가 될지 모른다! 나는 그 기관총 사수와 합류해, 펜싱에서 상대방의 공격을 피해 몸을 돌리듯, 그와 함께 기관총 총구의 방향을 바꿔 가며 사격을 한다, 조심하세요! 나는 결코 사람들을 죽이고 싶지 않지만, 이 밤, 이 전쟁, 이 공포, 이런 악몽에서 한 발짝 걸어나오는 이 창백한 유령….

아! 패닉!

우리는 대위의 집에 있다. 중사가 설명을 한다. 방금 발생한 일은 잘못된 경보 때문이지만, 적이 정보를 알고 있는 것으로 보인다. 그러면 우리는 공격을 해야 할까?

대위는 어깨를 으쓱한다. 그도 단지 명령을 실행할 뿐이다.

그러고는 우리에게 코냑 두 잔을 내민다.

그가 중사에게 말한다. "저와 함께 당신이 선두에 나서게 됩니다. 이 술 드시고 주무시러 가세요."

중사는 잠자러 갔다. 사람들이 테이블에 내 자리를 마련해 주었고, 이 테이블에서 우리 십여 명의 사람들이 밤을 새게 될 것이다. 사방의 벽이 빈틈없이 막혀 있어 전등 빛이 전혀 새 나갈 수 없는 이 방의 빛이 너무 밝아, 나는 계속 눈을 깜박인다. 나는 설탕을 아주 조금만 섞은 그 코냑을 마시는데, 이 술은 다소 상실감을 느끼게 한다. 이 술에는 여명의 슬픈 기운이 깃들어 있다. 나는 주위에서 일어나는 일을 잘 이해하지 못한 채, 술을 마시고, 눈을 감는다. 내 눈에는 카라반첼의 그 우울한 모습의 집들이 떠오른다.

나의 오른편에서는 사람들이 빠른 어조로 기묘한 이야기를 주고받고 있는데, 나는 그 이야기에서 세 마디 말 중 한 마디 꼴로 알아들을 뿐이다. 나의 왼편에서는 사람들이 체스를 두고 있다. 나는 어디에 있는 것일까?

상당히 취한 것으로 보이는 한 남자가 들어온다. 이미 비현실적인 세계가 된 이곳에서, 그의 몸이 천천히 앞뒤로 비틀거린다. 그는 지저분하고 덥수룩하게 자란 자신의 수염을 만지작거리고는 우리를 향해 애정의 시선을 던진다. 그 시선이 코냑 병을 살짝 지나쳐 다른 데로 향했다가 다시 코냑 병으로 돌아오더니, 이어서 간청하는 눈빛으로 대위를 향한다. 대위는 매우 낮은 목소리로 웃는다. 그 술 취한 남자도 희망에 감동되어 웃는다. 이 장면을 지켜보고 있던 사람들의 얼굴에도 가벼운 미소가 퍼진다. 대위는 코냑 병을 천천히 뒤로 잡아 뺀다. 술 취한 남자는 눈에 절망이 깃든 시늉을 하고, 이렇게 해서 유치한 장난이 시작된다. 짙은 담배연기, 이 밤의 피곤함, 다가올 기습공격의 이미지를 비집고 꿈의 형태를 띤 채 나타나는 일종의 침묵의 발레. 나는 이 철야가 끝나는 분위기에도 놀란다. 곧, 나는 사람들의 턱에 까칠한 수염들이 돋아난 것을 보고 시간이 지났다는 사실을 알았고, 이러는 동안에도 바깥에선 파도의 타격이 증가하고 있었다.

이 사내들은, 잠시 후면, 왕수[1]의 역할을 할 전투의 밤 동안, 땀과, 알코올과, 기다리는 동안 생겨난 때를 씻어내게 될 것이다. 나는 이들이 그렇게 순수한 존재로 되는 순간에 매우 가까이 와 있다는 것을 느낀다. 그런데 이들은 춤과는 거리가 매우 먼 사람들인데도 불구하고, 아직도 술꾼과 술병이 주인공으로 등장하는 발레를 추고 있다. 이들은 할 수 있는 데까지 체스를 두고 있다. 이들은 가능한 데까지 삶을 지속시킨다. 그럼에도 불구하고 선반 위에는 낡은 자명종 시계가 왕처럼 자리를 차지하고 있다. 누군가가 시각을 알리도록 그것의 시간을 맞춰 놓았다. 그것을 흘끔흘끔 쳐다보는 이는 나밖에 없다. 어떻게 아무도 그 초침 소리를 듣지 못하는 것일까? 그것이 매우 큰 소음을 내고 있는데도 말이다!

---

1. 王水, 농도가 높은 염산과 질산이 든 액체로서, 금이나 백금을 용해할 수 있을 만큼 강한 산화제다.

그 기계는 종을 울릴 것이다. 그러면 이 사내들은 기지개를 켜며 일어설 것이다. 이런 행위가 생존의 문제가 걸려 있는 순간마다 기묘하게도 어쩔 수 없이 나타나는 행위다. 이들은 기지개를 켠 다음 탄창들이 장착된 허리띠를 졸라 맬 것이다. 그리고 대위는 벽에 걸려 있는 자신의 리볼버를 집어들 것이다. 그 술꾼도 술에서 깨어날 것이다. 이어서 그들은 모두, 너무 서두르는 일 없이, 희미한 빛의 사각형, 곧 하늘이 그 끝에서 나타날 때까지 복도를 따라가, 무언가 단순한 말, 가령 "달빛이 좋은데"나 "날이 포근한데" 같은 말을 할 것이다. 그러고는 그들은 별들이 반짝이는 어둠 속으로 뛰어들 것이다.

이봐요, 중사!
당신은 왜 떠나왔습니까?

거의 모든 사람이 죽게 될지도 모를 그 시멘트벽 공격을 취소한다는 전화가 걸려오자마자, 이들이 안도감을 느끼자마자, 몇몇 사람들은 해진 신발을 신은 발로 애정 어린 고향땅을 차며 온종일 서성거린다. 이들은 평화의 감정을 경험하자마자, 모두 회한을 느낀다.

불만의 의견이 마구 쏟아진다. "그들은 우리를 여자로 아는 겁니까?" "우리가 지금 전쟁을 하는 겁니까, 하지 않는 겁니까?" 지도부를 신랄하게 비판하는 말이 쏟아진다. 지도부는 신중하지 않게 작전을 세웠다가 포기하고 있고, 이들의 확신에 찬 주장에 따르면, 마드리드가 폭격당하고 매일 대포 공격에 어린아이들이 희생당하는 사태를 방임하고 있다. 모든 이들이 알다시피, 무구한 희생자가 생기지 않게끔 최소 거리보다 2배 먼 곳의 산등성이 너머로 포대를 배치하려고 나서는 바로 이 순간에, 지도부가 아무 행동도 취하지 말 것을 지시하고 있기 때문이다.

그런데 나는 다음의 사실을 잊을 수 없다. 곧, 그 공격의 목적은 단지 소수의 몇몇 남자들로 하여금 박격포와 기관총 들을 갖춘 단단한 요새를 탈환하게 하는 것이었고, 기적적으로 작전을 성공하더라도, 기껏해야 전선을 80m 전진시킬 뿐이었다. 이런 식으로 전선을 전진시킨다 하더라도, 마드리드에 사는 아이들 중에서 학교를 빼먹고 도시의 아주 후미진 지역으로 놀러 나오기를 좋아하는 아이들만 구할 수 있을 뿐이다. 왜냐하면 그 전방의 80m가 사격권 안에 들어가기 때문이다.

또한 내게는 다음과 같이 보이고, 나의 동료들도 스스로들 그렇게 털어놓는다. 즉, 누구도 달빛에 뛰어드는 그 일로 사기가 오른 것은 아니었다. 그런데 이들은 위안 삼아 마시긴 했지만 매우 즐겁게 마셨던 코냑 — 그런데 전화가 걸려온 이후부턴 이상하게도 코냑의 맛이 변했다 — 을 다시 마시면서 몸이 이완되고, 자신들이 그렇게 용감한 행동을 지금이라도 할 수 있다는 사실에서 스스로 만족스럽게 평가하고 있는 것 같다.

그러나 이들에게는 어쩌면 허풍이나 우스꽝스러운 태도로 보일 용맹 같은 것은 전혀 보이지 않는다. 나는 이들이 모두 오늘 새벽에 죽을 각오를 분명히 하고 있었다는 것을 알고 있고, 그리고 여러분에게 들려주고 싶은 어떤 사실을 알고 있다.

한편으로 나는, 내 마음 깊은 곳에도, 이들이 갖고 있는 것과 비슷한 모순이 있다는 것을 인정한다. 다만, 나의 경우에는 그런 모순이 전혀 나를 불편하게 만들지 않는다. 단순한 참관자로서 그 위험한 일을 떠맡을 이유가 없는 나였지만, 물론 나는 확실히 이들보다도 더, 밤이 매우 깊었을 때, 어쩌다 들은 그 죽음의 명령이 철회되기를 바랐다. 그럼에도 불구하고, 긴 하루와 커다란 희망의 기쁨이 주어진 지금, 내게 두려워할 것이 아무것도 없는 지금, 나는 신비한 감정을 일깨우던 무언가가, 이들의 좌초할 운명의 배에 동반하고 있던 무언가가 몹시 그립기도 하다.

햇빛이 빛나고 있다. 적과 40m 떨어진 곳, 자정의 폭격으로 그 아래가 외부로 노출된 작은 궁륭 아래서 나는 얼음같이 차가운 샘물에 세수를 한다. 사발에서는 커피가 김을 내고 있다. 전투가 벌어지지 않은 새벽이라 이 궁륭 아래는 안전할 것이고, 살아남은 사람들은 일단 세면을 한 다음에는 삶 속에서 정신적 연대감을 이루고 서로 하얀 빵과 담배와 미소를 주고받기 위해 이곳에 모여들 것이다. 이제 그들이, 그러니까 대위, 중사 R, 중위가 이곳에 차례로 나타나서는 자신들이 반납할 때는 현명하게도 경멸할 줄 알았던 귀중품들, 그러나 지금 제 값어치를 되찾는 귀중품들을 앞에 두고서, 테이블 위에 팔꿈치를 탁 붙이며 자리를 잡는다. 이미 "안녕, 친구!"라는 말소리나, 어깨나 팔꿈치를 치는 소리가 울린다.

그리고 나는 몸을 스치는 얼음같이 차가운 바람과, 이 찬 바람 속에서 우리를 따뜻하게 감싸는 햇볕을 즐겁게 느낀다. 나는 높은 산의 기후도 만끽하는데, 나는 높은 곳에 있을 때 행복한 것 같다. 웃옷을 걸치지 않은 채 식사로 기운을 북돋우고, 한 번 일어서면 세계를 주무를 준비가 되어 있는 이 남자들의 환희도 느낄 수 있다.

어디선가 여문 콩깍지가 터진다. 이상한 일이긴 하지만, 이따금씩 돌에 적중한 총알도 그런 식으로 터질 것이다. 확실히 여기서도 죽음이 배회하고 있지만, 그것은 제 능력을 나타내지도 않고, 나쁜 의도도 갖고 있지 않다. 지금은 결코 그것의 시간이 아니다. 궁륭 아래에서, 이들은 삶을 축제로 만드는 데 열중하고 있다. 대위가 빵을 자르는데, 비록 내가 이곳이 아닌 다른 곳에서 빵이 얼마나 소중한가를 느낀 적이 있었다 하더라도, 양식(糧食)에서 이렇게 큰 존엄을 발견하기는 이때가 처음이다. 나는 화물차에서 굶주린 아이들을 위해 만든 음식물을 하역하는 장면을 본 적 있다. 그 순간에 나도 감정적 고통을 느꼈지만, 식사가 이처럼 커다란 중요성을 지니고 있으리라고는 한 번도 생각하지 못했다. 우리 인원은 모두 암흑의 바닥으로부터 올라온 격이고, 대위는 손을 내민 동료 각자에게 향기롭고, 주먹처럼 커다랗고, 생명으로 변화할 하얀 빵 한 덩어리를 주기 위해 표면이 촘촘하고 밀로 만들어 영양이 매우 풍부한 스페인 빵을 자른다.

실제로, 이들은 모두 암흑의 바닥으로부터 올라왔다. 그리고 나는 이런 식으로 새로운 삶을 시작하는 이 사내들을 주의 깊게 관찰한다. 나는 특히 중사 R을 바라본다. 그는 선두에 서야 했기 때문에, 공격 전에 잠을 자러 떠났었다. 나는 그가 깨어나는 순간을 지켜보았는데, 마치 사형수가 사형 집행일에 일어나는 순간을 지켜보는 것 같았다. 중사 R은 자신이 기관총 진지를 앞에 두고 길목에서 가장 먼저 나아갈 거라는 사실을, 밝은 달빛 속에서 열네 발짝을 걷다 죽게 될 거라는 사실을 알고 있었다.

카라반첼의 참호들은 노동자들의 작은 집들 — 이 집들의 가구들은 그대로 있었다 — 사이로 구불구불 이어져 있었고, 그래서 중사 R은 적으로부터 몇 걸음밖에 떨어지지 않은 곳의 철침대에서 복장을 풀지도 않은 채 몸을 길게 뻗어 잠들어 있었다. 우리가 초에 불을 붙인 다음 그것을 병의 주둥이에 꽂았을 때, 그 죽음의 침대에서 어둠을 몰아내게 됐을 때, 우선 우리의 눈에 보이는 것은 투박하고 낡은 신발뿐이었다. 크고, 못과 철을 박은 신발, 철로 작업부나 하수도관 작업부들이 신는 그 신발에는 세상의 모든 비참함이 담겨 있었다. 실제로, 그런 신발을 신고서는 결코 편안한 걸음을 걸을 수 없었다. 그러나 중사 R은 짐을 하역해야 하는 항구 하역장의 인부처럼 삶에 다가갈 수밖에 없었다.

이 사내는 발에 노동의 도구를 끼우고 있었고, 그의 몸에 붙어 있는 것도 모두 도구일 뿐이었다. 탄창 가방, 리볼버, 가죽 멜빵, 탄창들을 장착한 허리띠. 그는 일 부리는 말(馬)에 착용시키는 것, 곧 안장과 목줄도 메고 있었다. 모로코에서는 지하 저장고 안쪽에서 눈을 가린 말들이 방아를 돌리는 모습을 볼 수 있다. 여기서도, 가볍게 흔들리는 불그스름한 촛불이 비추는 가운데, 우리는 방아를 돌리도록 눈을 가린 말을 깨웠다.

"이봐요! 중사!"

그는 파도처럼 무거운 한숨을 쉬며 우리를 향해 천천히, 한 꺼번에 몸을 돌리는데, 우리에게는 잠들어 있지만 고통스러운 표정의 얼굴이 보인다. 그의 두 눈은 감겨 있고, 공기 덩어리를 내뱉는 그의 입은 익사자의 그것처럼 반쯤 벌려 있었다.

우리는 이 수고스러운 깨어남의 순간을 말 한 마디 없이 지켜보며 그의 침대에 앉았다. 왜냐하면 이 남자가 쥐었다 폈다 하는 손으로 어떤 미지의 검은 해초들에 매달린 채 해저 바닥으로부터 결코 떨어지려 하지 않았기 때문이다. 마침내, 그는 한 번 더 한숨을 쉬고 다시 몸을 돌린 다음, 벽에 얼굴을 댄 채로, 결코 죽기를 바라지 않으면서 도축장으로부터 완강하게 등을 돌리는 짐승의 그 집요함을 보이며, 우리에게서 벗어나려 하였다.

"이봐요! 중사!"

그는 한 번 더 부름을 받고서야 해저 바닥으로부터 우리에게로 되돌아와, 촛불의 빛 속에 그 얼굴을 다시 드러냈다. 그런데 이번에는 우리가 이 잠든 자에게 철제 도구를 씌워 버렸다. 그는 더 이상 우리에게서 빠져 나갈 수 없을 것이다. 그의 눈꺼풀이 떨리고 그의 입이 움직였다. 그는 한 손을 이마로 가져가 자신의 행복한 꿈으로 되돌아가기 위해, 우리가 사는 폭탄의, 피곤함의, 얼음같이 차가운 밤의 세계를 거부하기 위해 노력하지만, 너무 늦었다. 외부에서 오는 무언가가 그를 강요하고 있었다. 고통 받는 아이도 학교의 종소리에 이런 식으로 천천히 깨어난다. 그 아이는 책상, 칠판, 지겨운 공부를 잊고 있었다. 그는 방학을 꿈꾸고 있었고, 다른 아이들처럼, 산책과 우스운 일들로 즐거워하고 있었다…. 그는 이 애처로운 행복을 가능한 오랫동안 간직하려 시도하고, 거기서는 자신이 행복하다고 믿을 권리가 있는 잠의 물결에 몸을 담그기 위해 노력하지만, 종소리는 언제나 그를 어른들의 부당한 세계로 가차 없이 데려간다.

중사는 이런 아이와 비슷하게 몸을 추슬렀다. 피곤함으로 기진맥진해진 몸, 자신이 원하지 않는 몸, 깨어나는 써늘한 순간 관절들에서 곧바로 슬픈 고통을 느끼고, 이어서 철제 도구들의 무거움을 느끼고, 이어서 무거운 다리로 그 죽음의 질주를 경험하고, 다시 일어나며 손을 적신 더러워진 피를 느끼고, 응고하는 시럽의 끈끈함을 느낄 몸. 아니, 그는 죽음 때문에 고통스러워한다기보다 벌 받을 아이처럼 고통스러워하고 있었다.

그러고는 그는 사지를 하나씩 폈다. 그는 팔꿈치를 올리고, 꿈의 마지막 순간에 평영을 할 때, 멜빵, 리볼버, 탄창 가방, (잠을 자는 동안 그의 몸에 눌려 있던 허리띠의) 세 개의 수류탄으로 인해 제대로 움직이지 못한 다리를 길게 뻗는다. 결국, 그는 눈을 천천히 뜨더니 침대에 앉아 우리를 주의 깊게 바라본다.

"아! 예… 시간이 됐죠."

그는 그저 소총을 향해 팔을 뻗을 뿐이었다.

"아닙니다, 공격은 취소됐습니다."

중사 R, 나는 우리가 당신에게 생명의 선물을 주었던 것이라고 증언한다. 그저 순수하게 선물을 주던 순간. 마치 당신이 전기의자에 앉아 있었다는 듯 완벽하게 선물을 주던 순간. 전기의자 발치에서, 사면 청원을 한 그 불쌍한 인간의 몸에 잉크를 부을지 말지는 신만이 아는 일이다.[1] 그런데 우리는 죽음이 다가오던 순간에 당신에게 그것, 곧 사면 허가서를 가져다준다. 알다시피, 당신의 생각 속에서는, 죽음과 당신 사이에 얇은 칸막이 두께만 한 거리밖에 존재하지 않았기 때문이다. 따라서 내가 호기심을 보이는 것을 용서해 주기를. 나는 당신을 지켜보았다. 그리고 나는 당신의 얼굴을 절대 잊지 못할 것이다. 연민을 담고 있는 못생긴 얼굴, 다소 크고 뼈대가 휜 코, 불룩 튀어나온 광대뼈, 지식인들이 걸쳐 쓰는 코안경. 우리는 어떤 식으로 생명의 선물을 받을까? 내가 이야기해 보겠다. 나는 앉은 채로 주머니에서 담배를 꺼낸다, 그러고는 마루를 바라보며 천천히 고개를 끄덕인다. 이어서 나는 다음과 같이 말할 것이다.

"저는 이게 그렇게 좋습니다."

나는 고개를 한 번 더 끄덕이고 덧붙인다.

---

1. 과거에 전기의자를 이용해 사형을 집행할 때, 사형수의 피부와 전도체가 연결되는 부분에 해면 따위를 끼운 다음, 잉크 같은 전해질 액체를 부어 전기가 잘 통하도록 만들었다고 한다.

"만일 저들이 우리에게 두세 개 여단을 원병으로 보냈고, 그 공격이 의미가 있었다면, 이곳에서 당신은 열정을 경험했을 텐데요…."

중사, 중사… 당신은 생명의 선물을 갖고서 무엇을 할 것인 가요?

지금 평화로운 당신은 커피에 빵을 적시고 담배를 마는데, 당신은 마치 벌을 면한 아이처럼 보인다. 그럼에도 불구하고 당신은 동료들처럼 오늘 밤에도, 몇 걸음을 뗀 다음이면 무릎을 꿇는 일밖에 다른 할 일이 없다 하더라도, 그 발걸음을 다시 뗄 준비가 되어 있다. 그리고 나는 어제부터 당신에게 묻고 싶었던 질문을 머릿속으로 되뇐다. '중사, 왜 당신은 죽기를 각오하였습니까?' 그러나 나는 이 질문을 하는 것이 불가능하다는 것을 안다. 그 질문은 자신에 대해서는 잘 모르지만 자신을 건드린 것에 대해서는 용서할 줄 모르는 어떤 부끄러움을 건드릴 것이다. 당신은 어떻게 대답할까, 과장된 어조로? 그 어조는 당신에게 잘못된 것으로 보일 것이고, 실제로 그 어조는 잘못된 것이다. 당신은 부끄러워하는 당신을 표현하기 위해 어떤 언어를 갖고 있을까? 그러나 나는 알아보기 위한 마음의 결심을 한다. 나는 어려운 질문을 에둘러 표현할 것이다. 나는 사소하지만 아무 의미가 없지는 않은 질문을 할 것이다….

"솔직히 말해, 당신은 왜 떠나왔습니까?"

솔직히 말해, 중사, 만일 내가 당신의 대답을 잘 이해했다면, 당신은 자신에 대해 잘 모르는 것이다. 바르셀로나 어딘 가에서 회계사로 일하고 있었고, 정치에 대해선 문외한이었 던 당신은 반란군과의 전투에 그다지 큰 관심을 두지 않은 채 숫자들을 갖고 작업하고 있었다. 그런데 한 동료가 전투에 참 여했고, 이어서 다른 동료가 참여하면서, 당신은 놀랍게도 어 떤 낯선 변화를 경험하였다. 당신이 관심을 갖고 있던 일들이 차츰차츰 의미 없는 것으로 보였다. 당신의 오락거리, 당신의 일, 당신의 꿈, 이 모든 것이 다른 시대의 것이 되었다. 그런 것들이 중요한 의미를 지니고 있던 건 결코 아니었다. 결국 당 신의 동료 중 하나가 말라가[2] 근방에서 전사했다는 소식이 들 려왔다. 당신이 그 죽음에 복수를 하고 싶다는 마음이 들 정 도의 가까운 친구는 결코 아니었지만, 그럼에도 불구하고 그 소식은 한 줄기 바닷바람처럼 당신의 몸을, 당신의 평범했던 운명을 세차게 흔들고 지나갔다. 그날 아침, 어떤 친구가 당 신을 쳐다보았다. "갈까?" "가세." 그래서 당신들은 그곳으로 '갔다.'

처음에 당신은 이 절대적 부름을 강제적인 의무처럼 느꼈지 만, 당신은 이제 이 부름에 놀라지도 않는다. 당신은 어떤 진 리를 인정하는데, 당신이 그 진리를 언어로 표현할 방법을 몰 라도, 그 명백함은 완전하게 받아들였다. 그리고 내가 이 단순 한 이야기에 귀를 기울이는 동안, 무엇보다 나를 위해 간직하

---

2. Malaga, 스페인 남부의 주요 도시 중 하나로 지중해와 면해 있다.

고 있던 한 생각이 떠오른다.

한 이미지가 떠오른다.

계절이 찾아와 야생 오리나 거위들이 이동할 때, 그것들이 지나가는 자리 아래서는 보기에 애처롭지만 피할 수 없는 어떤 이상한 연쇄 현상이 일어난다. 거대한 삼각 편대의 비상에 이끌린 듯, 가금들이 익숙하지 않은 날갯짓을 해 보며 몇 걸음 걷다 실패하기를 반복한다. 야생의 부름이 그 가금들의 내면에 있는 무언가 야생의 흔적 같은 것을 정확한 작살처럼 세차게 맞춘 것이다. 그래서 농가의 오리들은 한 순간 철새로 변화를 겪는다. 그 작고 둔한 머리에서는 물웅덩이·지렁이·사육장 가금들의 초라한 이미지들만 맴돌고 있었지만, 이제 드넓은 대륙의 모습과 난바다의 바람에 대한 그리움과 바다의 형상이 자라난다. 그래서 오리는 자기를 어디로 데려갈지 모르는 갑작스런 열정과 영원히 그 대상이 무언지 모를 드넓은 사랑의 감정에 사로잡힌 채, 철책 울타리 안에서 좌우로 뒤뚱뒤뚱 걷는다.

이런 식으로, 미지의 것이긴 하지만 명백하게 존재하는 무언가에 사로잡힌 이 남자는 자신의 가정생활의 편안함과 마찬가지로, 회계사로서의 자신의 관심 사항들이 허영 어린 것이었다는 사실을 발견한다. 하지만 그는 결코 그 절대적 진리에 이름을 부여할 줄 모른다.

사람들은 그런 부름을 설명하기 위해 우리에게 일탈의 욕구나 위험을 감수하는 일의 선호에 관해 얘기하지만, 가장 우선적으로 밝혀내야 할 것이 결코 그 욕구나 선호 자체는 아니라는 듯 얘기한다. 사람들은 의무를 명하는 내면의 소리도 언급하는데, 어떻게 그 소리가 그렇게 다급하게 들리는지에 대해서는 설명하지 못한다. 중사, 당신은 당신의 평화로운 생활 속에서 마음이 흔들렸을 때 무엇을 이해했는가?

당신을 움직인 그 부름은 확실히 모든 사람들을 동요시키는 것이다. 그 목소리가 '희생'이나 '시(詩)'나 '모험'으로 불리건 아니건 간에, 그 목소리는 같은 것이다. 하지만 우리는 생활의 편안함에 젖은 나머지, 내면에서 그 목소리를 들을 수 있는 부분이 거의 죽어 가고 있다. 우리는 아주 드물게 전율을 경험하고, 이를 경험하더라도 두세 번 날갯짓을 하고는 마당으로 다시 떨어진다. 우리는 이성적이다. 우리는 커다란 불확실성을 위해 확실한 작은 이득도 내주기를 두려워한다. 그러나 중사, 당신은 장사꾼의 행위, 그 미미한 쾌락, 그 미미한 욕구들에 비천한 집착이 깃들어 있다는 것을 발견한다. 이런 세계에서 인간들은 결코 살아가는 것이 아니다. 그래서 당신은 그것을 이해할 수 없었으면서도 그 커다란 부름에 복종하기를 받아들인다. 시간이 왔으니, 당신은 움직이고 날개를 활짝 펴야 한다.

자신의 작은 머릿속이 태양, 대륙, 하늘을 품을 만큼 충분히 크다는 사실을 몰랐던 그 집오리는 이제 날개를 퍼덕거리면서, 낟알을 경멸하고, 지렁이를 경멸하며, 야생오리가 되기를 원한다.

　뱀장어들이 사르가소 해[3]로 떠나야 하는 날이 오면, 당신은 더 이상 그것들을 붙들어 둘 수 없다. 그것들은 분명 자신들의 안락, 평화, 미지근한 물을 경멸한다. 그것들은 스스로 길을 만들며 나아가고, 낚싯줄에 몸이 찢기고, 돌에 비늘이 벗겨진다. 그것들은 깊은 수중 동굴로 인도하는 강을 찾는다.

　이런 식으로, 당신은 아무도 당신에게 결코 말한 바 없는 내면의 여행을 떠난 자신을 느낀다. 당신은, 당신이 전혀 모르는 것이지만, 분명 반응을 보여야 할 어떤 결합들에 대해 준비가 된 자신을 느낀다. "갈까?" "가세." 그래서 당신은 그곳으로 갔다. 당신은 이전까지 아무것도 모르고 있던 전선을 향해 떠났다. 논밭을 거쳐 바다가 있는 곳으로 나아가며 빛을 반사하는 그 은빛 족속[4]과 비슷하게, 혹은 하늘의 그 검은 삼각 편대와 비슷하게, 당신은 필연적으로 길을 떠났다.

　당신은 무엇을 찾고 있었을까? 지난 밤에 당신은 그 목적에 거의 다다랐었다. 당신은 무엇을 발견하였을까? 그 무엇이 당신의 내면에서 거의 나타날 뻔 했었다. 당신의 동료들은 새벽에 불평했다. 그들은 무엇으로 인해 좌절했을까? 그들은 자신들의 마음속에서 무엇을 발견했을까? 그들이 슬퍼하던 그 무엇이 스스로의 모습을 보여 주려 했던 순간이 있었다.

---

3. mer des Sargasses, 카리브해 동북쪽에 갈색 해초가 매우 풍부하게 자라는 곳으로서, 뱀장어들이 번식을 위해 찾아온다.
4. 뱀장어들을 가리킨다. 사르가소의 뱀장어들은 몸이 은빛을 띠고 있다고 한다.

지난 밤에 그들이 두려움을 품었는지 그렇지 않았는지 아는 것이 내게 무슨 중요성이 있을까. 그들이 치명적인 작전이 취소되기를 바랐는지 그렇지 않았는지 아는 것이 내게 무슨 중요성이 있을까. 심지어 그들이 도망갈 준비를 하고 있었는지 그렇지 않았는지 아는 것이. 왜냐하면 그들은 도망가지 않았기 때문이다. 그리고 다가오는 밤에 다시 시작하기를 받아들이고 있기 때문이다. 출발 순간의 철새들이 맞바람 때문에 대양 위로 접어들게 되는 때가 있다. 그런데 비행할수록 대양은 너무 커져만 가기 때문에, 그것들은 반대편 기슭에 닿게 될지 더 이상 알 수 없다. 그럼에도 불구하고, 그것들의 작은 머리 속에는 자신들의 비행을 지탱해 주는 태양과 따뜻한 모래의 이미지가 있다.

중사, 이런 식으로 당신의 운명을 지배하고 있었고 당신이 모험에 몸을 던질 만큼 가치가 있었던 이미지들은 무엇인가? 당신의 몸은 당신이 갖고 있는 유일한 재산이다. 한 인간이 되기 위해서는 오랜 시간을 살아야 한다. 우리는 우정과 애정의 편물을 천천히 짓는다. 우리는 천천히 배운다. 우리는 우리의 예술품을 천천히 완성한다. 그래서 누군가가 너무 이른 나이에 죽는다면, 그는 마치 축적해 온 것들을 빼앗긴 것처럼 보이는 것이다. 자신을 완성하기 위해서는 오랜 시간을 살아야 한다.

하지만 당신은, 당신에게서 모든 부수적인 것을 앗아간 한 밤의 경험 때문에, 당신으로부터 오지만 당신이 전혀 모르고 있었던 어떤 인물을 갑자기 발견하였다. 당신은 그가 위대하다는 것을 발견하고는 더 이상 그를 잊을 수 없다. 그런데 그는 당신 자신이다. 당신은 순간 속에서 자신을 완성한다는 느낌, 부를 쌓는 데 미래는 덜 필요하다는 느낌을 갑자기 갖는다. 소멸되기 마련인 재산과 더 이상 관련 없고, 모든 이를 위해 죽기를 받아들이고, 모든 이와 관계된 어떤 세계로 들어가는 그가 자신의 날개를 펼쳤다. 커다란 한숨이 그를 휩싸고 지나간다. 그러자 당신의 내면에 잠들어 있던 그 주인(主人), 곧 인간이 껍질에서 깨어난다. 당신은 작곡을 하는 음악가, 지식을 발전시키는 과학자, 우리가 이동할 수 있게 길을 만드는 그 모든 사람들과 동류(同類)이다. 지금 당신은 분명 죽을 위험을 감수할 수 있다. 당신이 무엇을 잃게 될까? 만일 당신이 바르셀로나에서 행복하다면, 당신은 결코 당신의 행복을 망치려 들지 않을 것이다. 당신은 모든 사랑이 공통의 넓이만을 갖는 그 고도에 이르렀다. 만일 당신이 고통을 겪고 있다면, 당신이 혼자라면, 그 몸이 아무 안식처도 갖고 있지 않다면, 그것은 사랑이 당신을 받아들였기 때문이다.

옮긴이의 글

생텍쥐페리가 쓴 이 세 편의 르포르타주(Reportages)는 각각 1935년 5월(『파리-수아르*Paris-soir*』지), 1936년 8월(『랭트랑지장*L'Intransigeant*』지), 1937년 7월(『파리-수아르』지)에 프랑스 일간지에 실린 것들이다. 생텍쥐페리는 이 글들을 쓰기 위해 신문사들의 지원을 받아 현지인 소련과 스페인을 직접 방문했다. 이 글들에는 여느 르포르타주처럼 현장감이 살아 있긴 하지만, 작가가 쓴 글인 만큼 철학적이고 사색적인 경향이 짙게 배어 있다. 아무튼 우리는 이 글들을 통해 작가가 추구하던 항구적인 주제, 곧 '인간애'라는 주제를 다시 접하게 된다.

1. "모스크바"

생텍쥐페리가 이 글을 쓸 무렵에는 조종사로 활동하고 있지 않았다. 대신에 그는 프랑스 항공사인 에어 프랑스와 계약을 맺어 회사 홍보를 맡는 등 여러 가지 일을 하고 있었다. 그런데 우리가 여기서 주목할 만한 부분이 있다. 이 무렵 생텍쥐페리는 이미 작가로서 명성을 크게 얻고 있었지만, 많은 프랑스 작가나 시인들이 그랬던 것과는 다르게 정치에 관심을 두고 있지 않았다고 한다. 그에게는 모험적인 삶과 그것에 관해 글을 쓰는 일이 중요했던 것이다. 어느 러시아 망명가는 생텍쥐페리와 대화를 나눈 이후 그가 현대사, 특히 러시아의 현대사에 대해 아는 것이 거의 없다는 것을 알아차리고는 매우 놀랐다는 말을 하기도 했다. 그런데 생텍쥐페리에게도 조금씩 변화가 일어나기 시작한다. 1934년 2월에 파리에서 발생해 유혈 사태로까지 치달은 극우파의 폭동, 그리고 이탈리아와 독일이 전체주의 체제를 발전시키는 상황을 보면서 생텍쥐페리는 차츰 동시대의 정치적 문제에 대해 생각하게 된다. 그가 존경하던 동료인 메르모즈의 정치적인 성향도 영향을 미치게 된다.

그런데 당시에 유럽에서 커다란 논란을 불러일으키던 국가가 있었다. 그 국가는 바로 소련이었다. 비밀에 싸인 국가였던 만큼 사람들은 잘못된 정보를 근거로 소련을 찬양하거나, 아니면 극도로 증오하기가 일쑤였다. 이들은 대개 두 부류로 갈라졌다. 한 부류는 스탈린이 권력을 남용하는 일까지도 옹호하는 열성적인 스탈린주의 부류의 사람들이었고, 다른 한 부류는 10월 혁명을 잊지 않고 있는 트로츠키주의 부류의 사람들이었다. 생텍쥐페리는 사실의 진위를 잘 몰랐기 때문에, 이런 상황에서 함부로 의견을 개진하지 않고 객관적인 태도를 취하려고 노력했다. 이런 태도가 신문 『파리-수아르』지의 편집자를 포함한 여러 사람에게 깊은 인상을 주었다고 한다. 그래서 당시 주변 세계에 대한 정확한 소식을 빠르게 독자에게 전달하려는 의도를 갖고 있던 『파리-수아르』지는 생텍쥐페리를 소련에 보내 그곳의 상황을 파악하려는 계획을 세우게 된다. 처음에 생텍쥐페리는 그 언어도 모르는 이국에 혼자 간다는 것에 큰 두려움을 느끼지만, 마침내 신문사의 제안을 받아들인다. 이렇게 해서 생텍쥐페리의 첫 번째 르포르타주가 독자에게 전달된다.

앞서 언급했듯이, 생텍쥐페리는 소련에 대해 객관적인 관찰자의 입장을 취하려고 했지만, 독자도 보듯이 그는 이 글에서 소련에 대해 매우 호의적인 태도를 취하게 된다. 그는 소련이 새로운 유형의 인간을 창조해 내기 위해 노력을 기울이고 있다고 평가하기도 한다. 이상주의적인 시각이 아닐 수 없는데, 이런 시각은 당시의 수많은 지식인과 예술가들이 갖고 있던 시각이기도 하다. 아마도 그 이유는 경찰국가 소련의 면모가 아직 제 모습을 완전히 드러내지 않았기 때문일 것이다. 이런 의미에서 첫 번째 르포르타주의 주제가 될 수 있는 부분은 판사와 대화를 나누는 「소련 법정에서의 죄와 벌」이 될 것이다. 이 대목에서 소련의 지도자들이 인간에 대해 갖고 있는 시각이 분명하게 드러나고 있다.

그런데 이 르포르타주에는 여행기의 성격도 강하게 나타나고 있다. 여행의 출발에서부터 도착, 그리고 목적지에 도착한 다음 경험한 인상이 상세하게 그려지고 있는 것이다. 그래서 독자인 우리는 작가의 여정과 모스크바의 축제에 간접적으로 참여하고 있다는 느낌을 갖게 된다. 하지만 이 글들이 관찰 대상을 전반적으로 호의적으로 그리고 있다고 하더라도, 생텍쥐페리가 비극적인 심정을 지니고서 상황을 묘사하는 대목이 있다. 1917년 러시아 혁명 때 생과 사의 갈림길에서 필사의 노력을 기울이던 코사크 기병들에 대해 서술하는 부분이 그것이다. 우리는 여기서 언제나 부드러움과 푸근함을 연상시키던 생텍쥐페리의 다른 측면, 곧 그가 지니고 있던 결연한 마음가짐을 보게 된다. 긴 대목이긴 하지만 의미가 있다고 생각하는 만큼 여기서 그 부분을 다시 인용해 보겠다.

나는 이 경탄할 만한 착각을 존중한다. 그런 다음 나는 생각한다. 인간은, 이 세계로부터, 자신의 내면에서 이미 갖고 있는 것만을 본다. **고통과 정면으로 대면하고 그것이 의미하는 바를 받아들이기 위해서는 어떤 종류의 커다란 마음가짐이 필요하다.** (옮긴이 강조)

한 친구의 아내가 내게 들려줬던 얘기가 떠오른다. 그녀는 세바스토폴이나 오데사에서(아마도 세바스토폴이었을 것이다) 공산당들이 들이닥치기 전에 출항했던 그 하얀 배에 승선하여 피난길에 오를 수 있었다.

그 작은 배는 선체가 갈라질 만큼 만원이었다. 이 상태에서 승객

이나 짐을 조금이라도 더 실으면 배는 뒤집힐 것 같았지만, 배와 항
구와의 간격은 이미 천천히 벌어지고 있었다. 두 세계의 단절은 여
전히 충분한 것은 아니었더라도, 이미 되돌릴 수 없는 지점에 이르
렀다. 그 젊은 여인은 배의 뒤편에서 군중 틈에 끼어 바라보았다.
내전에서 패배한 코사크 기병들이 이틀 전부터 산에서 항구 쪽으로
이동을 하고 있었는데, 산을 내려오는 그들의 수효는 끊이지 않을
만큼 많았다. 그런데 배는 더 이상 없었다. 항구에 도착한 그들은
지상으로 뛰어내려 말의 목을 따서 그 숨을 끊어 놓고 군복 상의와
무기를 버린 다음, 아직은 매우 가까이에 있는 그 작은 배에 승선하
여 구원을 받고자 바다로 뛰어들어 헤엄을 쳤다. 하지만 배의 뒤편
에는 카빈총으로 무장한 채 그들이 배에 오르는 걸 막을 임무를 부
여받은 남자들이 있었다. 이들이 사격할 때마다 바닷물 표면에는
빨간색 별들이 생겨났다. 항구는 곧 그 별들로 뒤덮였다. 그러나 헛
된 꿈을 좇는 코사크 기병들은 지치지도 않고 항구에 계속 나타났
고, 앞선 군인들과 마찬가지로 말에서 뛰어내린 다음 그 짐승의 목
을 따고는 헤엄을 쳤지만, 그들의 자리에서는 빨간색 표식이 다시
피어오를 뿐이었다….

2. "피로 물든 스페인," "마드리드"

이 두 편의 르포르타주는 스페인 내전에 관한 것이다. 스페
인 내전은 1936년 7월에 발발했다. 내전이 발발하자마자, 『파

리-수아르』지와 맹렬한 경쟁을 벌이던『랭트랑지장』지가 현장에 생텍쥐페리를 보낸다.『랭트랑지장』지 8월 10일의 신문 1면에는 '유명한 작가이자 비행사'인 생텍쥐페리가 스페인의 소식을 전할 거라는 글이 그의 사진과 함께 실린다. 이렇게 해서 생텍쥐페리의 두 번째 르포르타주인 "피로 물든 스페인"이 쓰이게 된다. 한편, 생텍쥐페리의 두 번째 스페인 방문은『파리-수아르』지의 제안으로 1937년 4월에 이루어진다. 이 과정에서 생텍쥐페리의 세 번째이자 마지막 르포르타주인 "마드리드"가 쓰이게 된다. 이 르포르타주의 특징이 있다면, 다른 르포르타주와 달리, 생텍쥐페리가 프랑스로 돌아온 다음에 신문에 실리게 되었다는 점이다. 아마도 글을 정리하고 다듬기 위한 시간이 필요했던 것 같다.

내전이 일어나기 전, 스페인은 사회주의, 공산주의, 무정부주의, 자유민주주의 세력이 결합한 좌파적 공화정부가 국가를 이끌고 있었다. 반면에, 반란을 일으킨 국가주의(nationalist) 세력은 왕당파와 파시스트 세력 등으로 구성되어 있었다. 시간이 가면서 반란군 편에서 프랑코 장군이 권력을 획득해 공세를 성공적으로 이끈 반면에, 전쟁의 경험이 없고 내부 분열에 쉽게 빠져든 공화정부 측은 실전에서 패배를 거듭하게 된다. 일정 지역에서는 자원 참가자들(이 중에는 앙드레 말로나 어니스트 헤밍웨이 같은 유명 작가들도 많이 포함되어 있었다)로 구성된 국제여단이 승리를 이끌어 공화정부에게 도움을 주기도 했으나, 이는 일시적인 승리일 따름이었다. 전체적인 전황은 공화정부에게 불리하게 돌아가기 일쑤였고, 결국에는 공화정부가 프랑코 장군에게 나라를 내주게 된다. 그런데 이는 전쟁 후반부의 이야기이고, 생텍쥐페리가 스페인에 파견된 시점은 전쟁 초기이다. 물론 그는 공화정부 편에 서서 전쟁의 상황을 전하는데, 아직까지는 국가의 운명이 어느 편으로 기울지 모를 때였다. 무엇보다도 전쟁은 체계 없이 진행되고 있었다. 이러한 양상은 "피로 물든 스페인"에 잘 나타나 있다. 특히 「내전은 결코 전쟁이 아니라, 병이다」에서는 전쟁의 한 유형인 내전이 심층적으로 묘사되고 있다. 생텍쥐페리는 현장에서 총살이 그토록 많이 시행되는 것도 내전의 특징적인 양상이라고 언급한다. 이런 식으로 그는 두 번째 르포르타주에서 내전의 양상을 그리는 데 많은 부분을 할애하고 있다.

그런데 생텍쥐페리는 이 글을 쓸 때 공식적인 군부대들 대신에 민병대들과 주로 접촉한 듯 보인다. 이 글에서 등장하는 무장한 사람들이 거의 대부분 민병대원들인 것이다. 당시의 민병대는 공화정부나 반란군 편에 서서 지역이나 집단을 지키기 위해 조직되었다. 그러나 아나키스트적 성향을 지닌 민병대들도 많이 있었다. 그리고 글의 서두에서부터 불에 탄 교회들이 등장하고, 글의 이곳저곳에서 종교인들이 탄압을 받거나 살해당하는 장면이 나오는데, 이는 그간 스페인에서 가톨릭 성직자들이 보수 세력의 지주들과 결탁해 엄청난 부를 소유한 것에 대한 원한에서 비롯된 일이다. 교회도 스스로를 방어하기 위해 민병대를 조직하기는 하지만, 스페인 민중은 이들에게 등을 돌렸다.

"마드리드"에서는 아마도 생텍쥐페리의 작품 세계를 구성하는 '인간애'라는 주제가 가장 분명하게 드러나고 있다고 할 수 있을 것이다. 이 글도 다른 글들처럼 여러 에피소드가 있기는 하지만, 결론적으로는 어느 중사에 대한 이야기이다. 생텍쥐페리는 그가 어느 날 안락한 삶을 포기하고 참전했으리라고 상상한다. 생텍쥐페리는 그에게 이렇게 말한다. "사랑이 당신을 받아들였다." 이 사랑이란 인류 혹은 많은 수의 인간들에 대한 사랑을 가리킨다. 중사는 자신을 희생하고 그들의 안녕을 지키면서, 곧 자기보다 큰 것에 자신을 희생하면서 사랑에 이를 수 있게 된다. 현실에 대한 관찰보다는 작가적 상상력이 풍부하게 발휘되고 있는 이 글의 마지막 장은 사실적인 르포르타주에 매우 철학적인 성격을 부여하고 있다고 할 수 있을 것이다.

이 글들은 프랑스의 플레이아드(Pléiade) 총서 『전집: 생텍쥐페리(Œuvres complètes: Saint-Exupéry)』(1994)의 텍스트를 바탕으로 번역했다. 이 글들에 주석을 달고 옮긴이 후기를 쓸 때에도 플레이아드의 『전집』으로부터 많은 도움을 받았다. 그리고 커티스 케이트(Curtis Cate)의 프랑스어 번역서 『생텍쥐페리, 하늘의 농부(Saint-Exupéry laboureur du ciel)』(Grasset, 1994)에서도 많은 도움을 받았다. 연보는 폴리오(Folio) 총서의 『야간 비행(Vol de nuit)』(1996)에 실린 것을 번역한 것이다.

짧은 글들이긴 하지만 이 글들이 삭막해져 가는 우리의 생활
에 조그마한 빛이라도 더해 줄 수 있기를 기대해 본다.

〈작가 연보〉

1900	6월 29일 리옹에서 앙투안 드 생텍쥐페리(Antoine de Saint-Exupéry) 태어남. 아버지와 어머니의 이름은 각각 장 드 생텍쥐페리(Jean de Saint-Exupéry), 마리 부아예 드 퐁스콜롱브(Marie Boyer de Fonscolombe).
1904	아버지의 죽음. 어렸을 때의 앙투안은 기계 장치들에 큰 관심을 보이고 조립하는 것을 아주 좋아함.
1909	르망에 있는 노트르-담-드-생트-크루아 예수회 학교에 입학함. 앙투안은 공부를 할 때나 일상생활에서 일탈적인 태도나 행동 양식을 보여 사람들의 눈길을 끎.
1912	앙베리외의 비행장에서 처음으로 비행기를 탐. 열정적이었던 앙투안은 비행기를 타며 경험한 것과 느낀 것들을 곧바로 몇 줄의 시로 적음. 어릴 때부터, 문학과 비행이 긴밀하게 연관된다.
1914	10월에, 빌프랑쉬-쉬르-손에 있는 몽그레 예수회 학교에 입학함.
1915	르망으로 돌아옴. 이어서 스위스로 떠나 라 빌라 생-장 드 프

리부르에 있는 마리아회 수도사 학교에 들어감.

1917 프랑스로 돌아옴. 바칼로레아. 동생 프랑수아의 죽음.

1917 파리의 해군사관학교 입학시험 준비. 생텍쥐페리는 풍부한 상
-20 상력을 가진 학생으로 통함. 입학시험에 통과할 뻔했지만, 구
두시험에서 실패함. 보-자르 미술학교에 입학하여 건축 분야
를 공부함. 경제적으로 어려운 상황에 처함.

1921 4월, 스트라스부르의 공군 제2부대에 입대. 비행기 정비실로
배치된 생텍쥐페리는 조종술 수업을 받음. 혼자서 연습용 비행
기를 조종함. 첫 비행 사고를 겪지만, 경상만을 입음. 생텍쥐페
리는 전투기 조종사가 되기를 원하지만, 그렇게 하려면 우선
민간 조종사 자격증을 얻어야 했다. 전속된 모로코의 공군 제
37부대에서 자격증을 취득함.

1922 이스트르로 파견되어 소위로 진급함. 르 부르제에 있는 공군
제34부대에서 군복무를 마침.

1923 르 부르제에서 큰 비행 사고를 겪음. 루이즈 드 빌모랭과 정식
으로 약혼. 그런데 약혼녀의 가족은 항공 산업의 미래에 대해
부정적으로 생각함. 생텍쥐페리는 자신의 열망과는 달리, 포부
르-생-오노레에 있는 튀일르리 드 브와롱 회사에서 관리직을
맡게 됨. 파혼.

1924 일류 화물차 제조 회사인 소레의 대리점에서 하급 직원으로 일
하며 글을 쓸 수 있는 여가를 마련함. 그리고 기회가 생길 때면
비행기를 조종함.

1926 4월에 잡지 『르 나비르 다르장』에 생텍쥐페리의 중[단편] 소설
「조종사」가 실림. 이 작품은 후에 『남방 우편기』의 모태가 된
다. 프랑스의 항공회사 C.A.F에 들어가 처녀비행을 함. 10월에

항공회사 라테코에르에 고용됨. 툴루즈로 간 생텍쥐페리는 감독직을 제안 받지만, 조종사직을 요구함. 경영 책임자인 디디에 도라는 생텍쥐페리에게 우선 정비 일을 맡김.

1927 정기 노선 조종사가 되어 툴루즈-카사블랑카-다카르 간 우편 수송기를 조종함. 이때 일군의 항공 노선 개척자들을 만난 데 이어, 리오 데 오로에 있는 쥐비 갑의 비행장 책임자로 임명됨. 이곳의 정치적 상황이 매우 불안정함.

1929 프랑스로 되돌아옴. 갈리마르 출판사에 『남방 우편기』 출판을 제안하는데, 갈리마르 사에서 수락함.

브레스트에서 해상 항공술 강의를 들은 다음 라테코에르 항공회사로 돌아옴. 이어서 10월에 부에노스아이레스에 있는 아르헨티나 항공 우편의 감독직에 임명됨. 이곳에서 이전에 모로코에서 함께 모험을 경험한 메르모즈와 기요메 같은 동료들을 다시 만남.

1930 민간 항공학 단체의 요청으로 레지옹도뇌르 훈장을 받음. 6월, 기요메가 안데스 산맥에서 실종됐다가 기적적으로 구출됨. 『야간 비행(Vol de nuit)』을 씀. 저널리스트 고메즈 카릴로의 미망인인 콘수엘로 순신을 만남.

1931 4월에 콘수엘로와 프랑스에서 결혼함. 프랑스의 항공우편사('아에로포스탈')가 정치적 이권 다툼의 희생양이 되어 디디에 도라가 사임하기에 이름. 그에 대한 조종사들의 조건 없는 지지에도 불구하고, 상황은 전혀 바뀌지 않음. 생텍쥐페리는 라테 26을 이끌고 카사블랑카와 포르-에티엔느를 잇는 항공 우편 수송을 재개함.

1932 항공우편사가 생텍쥐페리에게 마르세유-알제리 간 노선을 맡

기고, 이어서 카사블랑카-다카르 간 노선을 맡김.

1933 시험 조종사로 일함. 게를랭이 '야간 비행' 향수를 제작.

1934 생텍쥐페리는 에어 프랑스에서 홍보와 관련된 일을 맡음. 프랑
스와 해외에서 많은 강연을 함. 착륙 장치 조종 자격증을 얻기
위해 신청함. 클라렌스 브라운이 제작한 미국 영화 〈야간 비
행〉이 파리에서 상영됨.

1935 일간지 『파리-수아르』의 모스크바 주재 특파원으로 일함. 새
로운 항공 기록들이 쏟아지던 이 시기에, 생텍쥐페리도 12월
29일에 그의 비행기 '시뭉'을 타고 파리-사이공 간 기록을 깨
기 위해 시도함. 그러나 카이로에서 200km 떨어진 사막에 불
시착. 그는 함께 탑승한 정비공 프레보와 며칠을 걸은 끝에 카
라반에 의해 구조됨.

1936 파리에서 발행되는 잡지들에 계속 글을 씀. 스페인으로 감. 12
월, 실종된 메르모즈를 위해 고통스러운 글을 씀.

1937 2월에 '시뭉'을 타고 새로운 아프리카 항공 노선을 개척함. 스
페인 내전에 대한 감동적인 르포를 씀(『파리-수아르』지). 예비역
대위로 진급.

1938 뉴욕과 테르드푀 간의 비행 기록을 깨기 위해 정비사와 함께
뉴욕으로 감. 그러나 비행기가 과테말라에서 추락하여, 그의
비행 시도는 조기에 실패로 끝남. 이 당시의 사고로 생텍쥐페
리는 중상을 입고 훗날까지 후유증으로 고생함. 뉴욕에서 회복
기를 보내며 『인간의 대지』를 씀.

1939 『인간의 대지』 출간. 이 작품으로 아카데미 프랑세즈의 그랑프
리 소설상 수상. 이 소설은 미국에서 『바람, 모래, 그리고 별』
이라는 제목으로 번역 출간되는 동시에 큰 성공을 거둠. 7월에

생텍쥐페리는 기요메가 조종하는 '파리의 해군 대위'를 타고 북대서양 횡단을 시도함. 뉴욕에 체류하지만 전쟁에 관한 소문 때문에 급히 파리로 되돌아옴. 전쟁에 관한 소문이 점차 사실인 것으로 드러남. 툴루즈에서 소집. 군용 항공기 승무원 신체 검사에서 불합격 당함. 하지만 여러 경로를 거친 끝에, 2/33 공군 정찰 대대에 배속되는 데 성공함. 위험한 임무들을 성공적으로 수행함.

1940   5월, 아라스에서의 정찰 임무 수행. 이 당시의 상황은 후에 『전시 조종사』의 소재가 된다. 6월, 정찰 대대의 장교들은 전투에서 패한 데 이어 알제리로 소환되어 소집 해제 명령을 기다림. 8월에 프랑스로 돌아온 생텍쥐페리는 『성채』를 씀. 11월 27일, 기요메 사망. 12월, 생텍쥐페리는 뉴욕으로 떠남.

1941   뉴욕에서 체류. 캘리포니아에 머무는 동안에 외과수술을 받음.

1942   미국에서 『전시 조종사』가 『아라스로의 비행』이라는 제목으로 출간됨. 이어서 이 작품은 프랑스에서도 출간되지만, 비시 정부에 의해 발행 금지를 당함.

1943   미국에서 『어느 인질에게 보내는 편지』와 『어린 왕자』 출간. 생텍쥐페리는 아프리카행 선박 승선권을 얻음. 미군의 지휘 아래 있던 2/33 대대로 복귀함. 이어서 P38 라이팅을 조종하며 훈련을 하는데, 새로운 조종술 적응에 애를 먹음. 임무를 마치고 돌아오는 중에 서투르게 착륙한 데 이어, 조종사의 나이 제한(35세)을 넘었다는 이유로 예비역으로 배속됨. 건강이 나빠져 알제리에 머뭄.

이 해에 『성채』를 검토함. 『전시 조종사』가 비밀리에 출판됨.

1944   조종간을 다시 잡기 위한 생텍쥐페리의 노력은 결실을 얻음.

2/33 대대에 다시 배속되기 위해서 많은 노력을 기울임. 다섯 가지 임무를 받는 데 성공함.

7월, 생텍쥐페리가 있던 비행 중대가 코르시카 섬의 바스티아-보르고로 이전함. 부여받은 다섯 가지 임무를 수행하지만, 많은 비행기 고장 사고를 겪음. 7월 31일에 새 임무를 위해 그르노블-안시 전선 쪽으로 떠난 다음 돌아오지 않음.

1948 『성채』 출간

1953 『작가 수첩』, 『젊은 날의 편지』

1955 『어머니에게 보내는 편지』

1982 『전시의 글』

1993 생텍쥐페리의 초상이 그려진 50프랑 지폐가 발행됨. 생텍쥐페리가 직접 이 지폐를 보았다면 분명 만족했을 것이다. 왜냐하면 그는 대개 돈이 궁했지만, 돈이 있을 때는 그것을 경탄할 만큼 잘 쓸 줄 알았기 때문이다.